एकाग्रता के सरताज

संत एकनाथ

जीवन चरित्र और बहुमूल्य शिक्षाएँ

सरश्री द्वारा रचित श्रेष्ठ पुस्तकें

१. इन पुस्तकों द्वारा आध्यात्मिक विकास करें
- निःशब्द संवाद का जादू – जीवन की १११ जिज्ञासाओं का समाधान
- विचार नियम – आपकी कामयाबी का रहस्य
- संपूर्ण ध्यान – २२२ सवाल
- तुम्हें जो लगे अच्छा वही मेरी इच्छा – भक्ति नियामत
- मोक्ष – अंतिम सफलता का राजमार्ग
- सुनहरा नियम – रिश्तों में नई सुगंध
- आध्यात्मिक उपनिषद् – सत्य की उपस्थिति में जन्मीं 24 कहानियाँ
- शिष्य उपनिषद् – कथाएँ गुरु और शिष्य साक्षात्कार कीं
- भक्ति के भक्त – रामकृष्ण परमहंस
- सत् चित्त आनंद – आपके 60 सवाल और 24 घंटे

२. इन पुस्तकों द्वारा स्वमदद करें
- संपूर्ण लक्ष्य – संपूर्ण विकास कैसे करें
- अवचेतन मन की शक्ति के पीछे आत्मबल
- धीरज का जादू – संतुलित जीवन संगीत
- मन का विज्ञान – मन के बुद्ध कैसे बनें
- नींव नाइन्टी – नैतिक मूल्यों की संपत्ति
- स्वीकार का जादू
- इमोशन्स पर जीत – दुःखद भावनाओं से मुलाकात कैसे करें

३. इन पुस्तकों द्वारा हर समस्या का समाधान पाएँ
- स्वास्थ्य त्रिकोण – स्वास्थ्य संपन्न
- खुशी का रहस्य – सुख पाएँ, दुःख भगाएँ : ३० दिन में
- रिश्तों में नई रोशनी

४. इन आध्यात्मिक उपन्यासों द्वारा जीवन के गहरे सत्य जानें
- मृत्यु पर विजय मृत्युंजय
- स्वयं का सामना – हरक्युलिस की आंतरिक खोज
- बड़ों के लिए गर्भ संस्कार – १० अवतार का जन्म आपके अंदर
- सन ऑफ बुद्धा – जागृति का सूरज

एकाग्रता के सरताज

संत एकनाथ

जीवन चरित्र और बहुमूल्य शिक्षाएँ

बेस्ट सेलर पुस्तक 'विचार नियम' के रचयिता

सरश्री

एकाग्रता के सरताज

संत एकनाथ

जीवन चरित्र और बहुमूल्य शिक्षाएँ

by **Sirshree** Tejparkhi

प्रथम आवृत्ति : नवंबर २०१७

प्रकाशक : वॉव पब्लिशिंग्स प्रा. लि., पुणे

मुखपृष्ठ : सौरभ चव्हाण

© Tejgyan Global Foundation
All Rights Reserved 2017.
Tejgyan Global Foundation is a charitable organization
with its headquarters in Pune, India.

© सर्वाधिकार सुरक्षित

वॉव पब्लिशिंग्ज् प्रा. लि. द्वारा प्रकाशित यह पुस्तक इस शर्त पर विक्रय की जा रही है कि प्रकाशक की लिखित पूर्वानुमति के बिना इसे व्यावसायिक अथवा अन्य किसी भी रूप में उपयोग नहीं किया जा सकता। इसे पुनः प्रकाशित कर बेचा या किराए पर नहीं दिया जा सकता तथा जिल्दबंद या खुले किसी भी अन्य रूप में पाठकों के मध्य इसका परिचालन नहीं किया जा सकता। ये सभी शर्तें पुस्तक के खरीददार पर भी लागू होंगी। इस संदर्भ में सभी प्रकाशनाधिकार सुरक्षित हैं। इस पुस्तक का आंशिक रूप में पुनः प्रकाशन या पुनः प्रकाशनार्थ अपने रिकॉर्ड में सुरक्षित रखने, इसे पुनः प्रस्तुत करने की प्रति अपनाने, इसका अनूदित रूप तैयार करने अथवा इलेक्ट्रॉनिक, मैकेनिकल, फोटोकॉपी और रिकॉर्डिंग आदि किसी भी पद्धति से इसका उपयोग करने हेतु समस्त प्रकाशनाधिकार रखनेवाले अधिकारी तथा पुस्तक के प्रकाशक की पूर्वानुमति लेना अनिवार्य है।

Ekagrata ke Sartaj

Sant Eknath

Jeevan Charitra aur bahumulya shikshayen

यह पुस्तक समर्पित है
जनार्दन स्वामी और
संत ज्ञानेश्वर महाराज को
जिनकी आज्ञा के सामर्थ्य से
एकनाथ 'संत एकनाथ महाराज'
बन पाए।

– विषय सूची –

प्रस्तावना	रोमांचक, अप्रतीम और अद्भुत दृश्य	9
	एकनाथ के जीवन का महाउत्सव	
खण्ड 1	एकनाथ का बाल्यकाल	15
1	एकनाथ कौन	17
2	एकनाथ का बचपन	20
3	एकनाथ की प्रार्थना का जवाब	24
खण्ड 2	एकनाथ की गुरु सेवा	27
4	गुरु शरण में एकनाथ	29
5	एकाग्रता के सरताज - एकनाथ	34
6	एकनाथ का अनुष्ठान	37
7	सच्चे शिष्य एकनाथ के लिए गुरु आज्ञा का स्थान	41
8	गधे में हरि दर्शन	46
9	एकनाथ की खोज	50
खण्ड 3	संसार और परमार्थ	53
10	एकनाथ के संसारी जीवन की शुरुआत	55
11	एकनाथ के परिवार की एकता और सामंजस्य	58
12	एकनाथ महाराज का सत्संग	63
13	एकनाथ की, मुक्त प्रतिसाद की अवस्था	67

14	एकनाथ द्वारा पितर पक्ष की पूजा	70
15	चोर का हृदय परिवर्तन	74
16	शिष्यता की कसौटी	77
17	महान ग्रंथों की रचना	80
खण्ड 4	संत एकनाथ का नज़रिया	85
18	निंदकों को कैसे देखा जाए	87
19	निंदकों को मानें परम गुरु	92
20	आदर या निंदा में से किसे चुनें	96
खण्ड 5	संत एकनाथ की शिक्षाएँ	101
21	सबसे बड़ा दान	103
22	माया की योजना पहचानें	109
23	शिकायत करने का अनोखा तरीका	113
24	एकनाथ की भक्ति और चिंता	116
25	घुटनों के बल चलनेवाला देवता	120
26	संत ज्ञानेश्वर से मिली आज्ञा	125
27	एकनाथ का संतुष्ट जीवन	132
28	अंतिम समय	135
	परिशिष्ट	139
29	एकनाथ का साहित्य	141
30	संत ज्ञानेश्वर और एकनाथ में साम्यता	144
	तेजज्ञान फाउण्डेशन की जानकारी	147-160

रोमांचक, अप्रतीम और अद्‌भुत दृश्य
एकनाथ जीवन का महाउत्सव

कल्पना करें... रोमांचक, अप्रतीम और अद्‌भुत आश्चर्य देनेवाला दृश्य क्या हो सकता है?

जब प्रभू श्रीराम, सीता और लक्ष्मण वनवास से लौटकर अयोध्या में आए थे तब पूरे राज्य के लोगों ने उस समय कैसा उत्सव मनाया होगा... कैसे लोग खुशी से झूमते हुए, गाते हुए उत्सव मना रहे होंगे...।

ऐसा ही एक दृश्य सन 1560 में पैठण गाँव में मनाया जा रहा था। चलो, इस दृश्य में... वर्तमान में रहकर... देखें! विश्वरूप दर्शन* के बाद यह दृश्य विश्व उत्सव का दर्जा रख सकता है!

आज संत एकनाथ महाराज कई सालों बाद अपने गाँव पैठण लौटे। उनके दादा-दादी उन्हें ऐसे निहार रहे थे मानो उनका खोया विश्वास लौट आया हो... उनकी आँखों में अपने पौत्र से मिलने की चमक साफ दिख रही थी।

**श्री कृष्ण ने युद्ध के मैदान में अर्जुन को विश्वरूप दर्शन करवाया*

दूसरी ओर बैठे थे वह पंडित जिन्होंने बचपन में एकनाथ महाराज को पढ़ाया था। वे भी उन्हें भक्तिभाव से निहार रहे थे...

सामने की ओर एकनाथ महाराज का शिष्य और रिश्तेदार उद्धव खड़ा था। जो अपनी भक्ति में लीन, अपने गुरु को अपलक देख रहा था...

वहीं एक तरफ खड़ी थीं एकनाथ महाराज की पत्नी गिरिजाबाई। वे अपने पति को देख आनंदित थीं और स्वयं को सौभाग्यशाली मान रही थीं...

वहाँ पर संत एकनाथ के गुरु भी उपस्थित थे, जो संत एकनाथ को सत्संग करते हुए देख, दिव्य आनंद में लीन थे...

पैठण गाँव का हर इंसान वहाँ उपस्थित था और आनंद से भाव विभोर था। यह वातावरण किसी दिवाली, होली या जन्माष्टमी से कम न था।

कैसा मनोरम दृश्य है यह! इस दृश्य में, पुस्तक पढ़ लेने के बाद, संत एकनाथ का महाजीवन जान लेने के बाद, स्वयं उपस्थित होकर देखें तो आपको भी उत्सव मनाने का दिव्य आनंद आएगा।

इस दृश्य में उपस्थित पैठण के लोग खुशी में तीनों उत्सव एक साथ मना रहे थे। उस समय दिवाली की तरह ही पैठण में दीए जल रहे थे... चारों तरफ होली के रंग उड़ाए जा रहे थे... और लोग श्रीकृष्ण के गीत गा रहे थे...।

आज ज़्यादातर लोगों को यह पता ही नहीं है कि संत एकनाथ के जीवन का वह दृश्य दरअसल राम राज्य के पहले दिन से कम नहीं था।

आइए जानते हैं कि इस उत्सव में उपस्थित संत एकनाथ महाराज के नज़दीकी लोग क्या सोच रहे थे?

दरअसल बारह वर्ष की उम्र में एकनाथ अचानक अपने गाँव पैठण से गायब हो गए। बिना किसी को बताए वे कहीं चले गए। इससे उनके

दादा-दादी खोए-खोए से रहने लगे और हर चीज़ से दुःखी हो गए। ऐसी स्थिति में वे यह कल्पना नहीं कर सकते थे कि 'सालों-सालों के बाद एक दिन ऐसा दृश्य भी उनके जीवन में आएगा जब वे अपने पोते एकनाथ को उनके शिष्यों के साथ होली, दीवाली और जन्माष्टमी का त्योहार एक साथ मनाते हुए और सत्संग लेते हुए देखेंगे।' दादा-दादी ने सोचा भी नहीं था कि 'वे एक दिन एकनाथ को उनकी अर्धांगिनी गिरिजाबाई के साथ कीर्तन करते हुए देखेंगे।'

वहीं गिरिजाबाई शादी से पहले सोच रही थी कि 'क्या शादी के बाद भी मैं मोक्ष प्राप्त कर सकूँगी या बंधनों में उलझकर रह जाऊँगी?' उनके हृदय से एक ही प्रार्थना होती थी कि 'विवाह हो तो मोक्ष की यात्रा संभव हो वरना विवाह ही न हो।' जब वे कुछ साल पहले ऐसा सोच रही थीं, तब उन्हें पता नहीं था कि उनके सामने एक ऐसा दृश्य आनेवाला है, जहाँ वे अपने पति को श्रीराम की अवस्था में एक साथ होली, दीवाली और जन्माष्टमी मनाते हुए देखेंगी।

उस उत्सव में जहाँ एकनाथ के शिष्य उद्धव भी थे, जो शिष्य के साथ-साथ उनके रिश्तेदार भी थे। उद्धव, संत एकनाथ की सेवा में जुड़ने से पहले हमेशा सोचते थे कि 'मेरा यह श्रम किसी काम का है भी या नहीं।' वे बहुत मेहनती आदमी थे और बहुत श्रम करते थे। लेकिन उस समय उन्हें पता नहीं था कि यह श्रम, सेवा करके उन्हें क्या मिलनेवाला है।

इस तरह गिरिजाबाई और उद्धव दोनों ने प्रार्थना की थी और एकनाथ आज उनके जीवन में आए। उद्धव एकनाथ के शिष्य बन गए और हमेशा उनकी सेवा में रहे। वे एकनाथ के घर के सारे कार्य भी करते थे। इससे एकनाथ से मिलने से पहले उद्धव जो निःस्वार्थ कर्म किया करते थे, वह सफल हुआ। सच तो यह है कि एकनाथ महाराज अपने शरीर से इतनी बड़ी-बड़ी अभिव्यक्ति सहजता से इसीलिए कर पाए क्योंकि उनके पास उद्धव जैसे शिष्य थे, जो उनके घर का कार्य सँभाल रहे थे। इसलिए एकनाथ को घर की ओर से हमेशा संतुष्टि रही। इससे आप समझ सकते

हैं कि अगर आपकी प्रार्थनाएँ सही दिशा में हों तो संसार में रहकर भी सत्य पर रहा जा सकता है। प्रार्थनाएँ सही होती हैं तो उच्च चेतना के लोग एक जगह इकट्ठे होते जाते हैं।

एकनाथ के जीवन के इस उत्सव में वह पंडित भी उस दिन उपस्थित था, जिसने एकनाथ को बचपन में घर पर पढ़ाया था। एकनाथ के अचानक गायब होने के बाद उस पंडित ने एकनाथ को ढूँढ़कर वापस पैठण में लाने के लिए काफी कोशिशें की थीं।

पैठण वह जगह है, जहाँ संत एकनाथ के शरीर ने जन्म लिया। जब आप महान आत्माओं की कहानियाँ सुनते हैं तो ऐसी कई पवित्र जगहों के नाम भी सुनते हैं, जैसे पैठण, पंढरपूर, आळंदी, देहू और काशी। इसीलिए यात्राओं का बहुत महत्त्व होता है क्योंकि जब लोग नई-नई पवित्र जगहों की यात्रा करते हैं तो कुछ नई और उच्च चेतना की चीज़ें देखते हैं और सुनते हैं।

उस पंडित के अलावा उस कार्यक्रम में एकनाथ के गाँव के भी बहुत से लोग थे। लेकिन इससे भी सर्वोपरि बात यह थी कि एकनाथ ने देवगढ़ से अपने गुरु जनार्दन स्वामी को भी आमंत्रित किया था और वे भी उस कार्यक्रम में मौजूद थे।

महान गुरु वहाँ बैठकर अपने शिष्य का सत्संग देख रहे थे, जिसमें एकनाथ एका-जर्नादन का संदेश देते थे। तीर्थयात्रा के बाद गुरु-शिष्य की यह पहली भेंट थी। यह घटना होने में कितने वर्षों का समय लग गया। जबकि आज तो किसी से भी मिलना बहुत आसान हो गया है। आज मोबाईल पर एक क्लिक पर आपका मैसेज सामनेवाले के पास पहुँच जाता है, चाहे वह दुनिया के किसी भी कोने में बैठा हो लेकिन वह सदी अलग थी।

जब यह सब हो रहा था, तब एकनाथ के अंदर स्वयं श्रेय लेने की कोई भावना नहीं थी। वे तो यही कहते थे कि 'यह सब तो संभव ही नहीं था, यह तो बस मेरे गुरु की कृपा है, जिसके चलते यह हो पा रहा है।'

जिस तरह राम राज्य में राम के गुरुजन आए थे, रिश्तेदार आए थे और सारी प्रजा उत्सव मना रही थी, यह भी ऐसा ही दृश्य था। आखिर पूरा दिन बीतने के बाद वह दृश्य यानी वह कार्यक्रम समाप्त हुआ और सब अपने-अपने घर चले गए। आज लोग वह दृश्य भूल चुके हैं। अब तो ऐसे दृश्यों को लोग न तो अपने शब्दों में ला पाते हैं और न ही पुस्तकों में क्योंकि उस समय उस कार्यक्रम में मौजूद लोगों की मनोदशा को समझने के लिए आपको उस अवस्था में जाना होगा और समझना होगा कि यह इतनी उच्च अवस्था क्यों थी, यह इतना बड़ा और उच्च स्तर का उत्सव क्यों था।

आपने ऐसे कई बड़े-बड़े उत्सव होते देखे होंगे, जिनमें ढेर सारे लोग एकत्र होते हैं। ऐसे उत्सव, जिनकी वजह से त्योहार बनते हैं... जिनकी वजह से लोग एकादशी, दीवाली और होली मनाते हैं। वे दिन यादगार दिवस बन जाते हैं और जहाँ वे उत्सव होते हैं, वे जगहें तीर्थ बन जाती हैं। जरा सोचें कि ऐसे उत्सवों में लोगों की चेतना कितनी उच्च स्तर पर होती होगी?

आमतौर पर एक पूरा युग बीतने के बाद ही लोग ऐसी चीज़ों का महत्त्व समझ पाते हैं वरना तो वे हमेशा निंदकों की बातों में ही उलझे रहते हैं। आपने देखा होगा कि लोग बीते युग के बारे में बात करते हुए कहते हैं कि 'महाराष्ट्र का वह युग कितना अच्छा था, जब संत ज्ञानेश्वर, निवृत्ति नाथ, मुक्ता बाई, सोपान देव, संत नामदेव, संत तुकाराम, समर्थ गुरु रामदास जैसे महात्मा हुआ करते थे।'

आज भले ही वे महात्मा सशरीर उपस्थति नहीं हैं परंतु उनके ज्ञान को पढ़कर, उसे आत्मसात कर हम आज भी उस युग को महसूस कर सकते हैं। प्रस्तुत पुस्तक द्वारा यही प्रयास किया जा रहा है।

संत एकनाथ महाराज के जीवन पर आधारित इस पुस्तक में उनके जीवन की विविध घटनाओं का विवरण आज के युग की भाषा में दिया गया है। संत एकनाथ का जीवन हमें संसार में रहकर ही सत्य प्राप्त करने की प्रेरणा देता है। आज अगर हमारी प्रार्थना सत्य पर स्थापित

होने की है, सत्य को स्वयं अनुभव करने की है तो इसके लिए जरूरी घटनाक्रम स्वत: ही बन जाता है और आप सही स्थान पर पहुँच जाते हैं। जैसे एकनाथ बारह साल की उम्र में अपने गुरु जनार्दन स्वामी के पास पहुँचे थे। वहीं से उनके जीवन को एक नई दिशा मिली थी। आइए हम भी अपने जीवन को नई दिशा देने का प्रयास करें, संत एकनाथ की महाजीवन गाथा पढ़कर।

...सरश्री

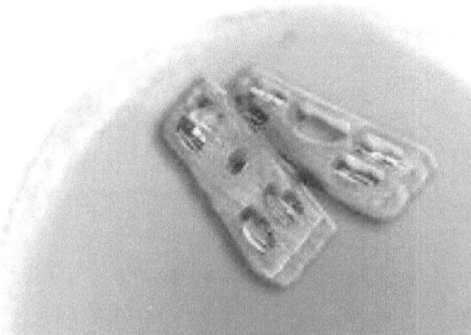

खण्ड 1
एकनाथ का बाल्यकाल

1
एकनाथ कौन?

संत एकनाथ को समझना है तो पहले आपको 'एक' को समझना होगा। यदि एक को समझने के लिए आप तैयार हैं तो पहले इस सवाल का जवाब दें, 'एक ज्ञान कौन है, एक नाम कौन है, एक राम कौन है और एक दास कौन है?' इस सवाल पर मनन करने से ही आपको 'एक' का महत्त्व पता चलेगा, भक्ति की शक्ति, उसका सामर्थ्य और महत्त्व पता चलेगा।

भक्ति से ही उपरोक्त सवाल का जवाब मिलता है, जो इस प्रकार है-

एक ज्ञान है – 'संत ज्ञानेश्वर'।

एक नाम है – 'संत नामदेव'।

एक राम है – 'संत तुकाराम'।

एक दास है – 'समर्थ स्वामी रामदास'।

अब दूसरा सवाल है, 'एक नाथ कौन है और एक तेरा सात कौन है?'

एक नाथ है – 'संत एकनाथ'। एकनाथ, जो हमेशा एक ही होता है। जब आप बाज़ार में एक पर एक फ्री वस्तु की घोषणा सुनते हैं तो बहुत खुश हो जाते हैं। अगर आपने 'एक' को ले लिया, 'एक' को समझ गए तो आपको 'एक' पर एक– आज़ादी मिलती है। यह है 'एकनाथ' के एक का अर्थ।

एक को समझने के बाद अब एक तेरा सात को समझें। एक तेरा सात का अर्थ है, 'ब्रिकवासी' (Standing on Brick)। आप सोच रहे होंगे कि ब्रिजवासी तो सुना है मगर ब्रिकवासी का अर्थ क्या है? ब्रिकवासी को आप 'ईंट-स्थिर' भी कह सकते हैं। दरअसल अंग्रेजी में ईंट को 'ब्रिक' कहा जाता है। ईंट-स्थिर कौन है? यह आप जानते हैं। ईंट पर स्थिर हैं हरि, विट्ठल, कालाकिशोर, जिन्हें रुक्मिणी के साथ दिखाया जाता है। जो ईंट पर आत्मस्थिरता की अवस्था में है यानी अकंप है, इन्हीं को ब्रिकवासी कहा जा रहा है।

भक्ति में लोग कई बार भगवान को अलग-अलग नाम देते हैं। कोई कालाकिशोर कहता है तो कोई कुछ और। दरअसल लोग अलग-अलग नाम इसलिए देते हैं क्योंकि किसी को कोई नाम बहुत पसंद होता है तो किसी को वह नाम ज्ञान, सेवा या भक्ति के दृष्टिकोण से सही लगता है। भक्ति में भक्त ऐसी अवस्था में आ जाता है, जहाँ ईश्वर स्वयं उसकी खोज करता है। भक्त भी जब ईश्वर को मासूम बच्चे की तरह देखता है, तब ईश्वर प्रकट होता है।

संत एकनाथ की जीवनी के द्वारा आप ऐसे ही भक्ति को भी समझने जा रहे हैं। उनके जीवन को पढ़कर आप उनके चरित्र और भक्ति की मैत्री को समझ पाएँगे।

संत एकनाथ ने अपने जीवन में उच्चतम अभिव्यक्ति की। उनके कार्य, उनकी ग्रंथ रचनाएँ, उनके द्वारा लिखित अभंग आज भी लोगों

को जीवन जीने की समझ प्रदान कर रहे हैं। उनके जीवन चरित्र से प्रेरणा लेकर हम भी अपने जीवन में ऐसी अभिव्यक्ति कर सकते हैं, जिससे लोग सत्य की राह पर आ पाएँ। हमसे ऐसी अभिव्यक्ति तभी होती है जब हमारे मन में ईश्वर के प्रति सराहना, समर्पण और पहचान के भाव हों।

एक शराबी पैसे देकर शराब पीता है और उस शराब के गुण गाते हुए झूमता भी है। शराबी शराब की तारीफ करके झूम सकता है तो हमें परमात्मा से जो परम आनंद मिलता है, उसकी तारीफ में हमें कैसे झूमना चाहिए! ज़रा सोचें। इसी परमानंद से जो उच्च अभिव्यक्ति होती है, उससे आपके सामने जीवन के सारे रहस्य खुलने लगते हैं। फिर कीर्तन, सराहना या समर्पण के भाव में जो झूमना होगा, वह उच्चतम अवस्था में होगा।

आइए, संत एकनाथ की जीवनी द्वारा ऐसी अवस्था को जानने व समझने का प्रयास करें।

2
एकनाथ का बचपन

मी जन्मलो धन्यवंशीं। म्होणनि हरिभक्ति आम्हांसी।।
सन्त सोइरे निज सुखासीं। वंश कृष्णासी निरविला।।

उपरोक्त अभंग में एकनाथ महाराज कहते हैं कि 'मेरा जन्म धन्य वंश में हुआ है। इसी से हमें हरि-भक्ति प्राप्त हुई। संत-सज्जन हमारे सगे-संबंधी हुए और हमारा वंश श्रीकृष्ण को अर्पित हुआ।'

एकनाथ का जन्म संत भानुदास के वंश में हुआ था। सत्यनिष्ठा, परनिंदा का त्याग, सर्वत्र समभाव, नाम संकीर्तन की प्रीति और परमात्मा प्राप्ति का आनंद ये सब गुण संत भानुदास की ईश्वरीय संपत्ति थीं। ईंट पर खड़े विट्ठल के स्वरूप का दर्शन करने में भानुदास को बड़ा आनंद आता था। अपने अभंगों में उन्होंने इस आनंद का वर्णन भी किया है। संत भानुदास के पवित्र कुल में जन्म लेने पर एकनाथ स्वयं को भाग्यशाली समझते थे।

संत एकनाथ के दादाजी चक्रपाणि स्वामी ने अपने पिता को

बचपन से ही संत के रूप में ही देखा था। बाद में चक्रपाणि की शादी हुई और कुछ समय बाद उनके घर में एक बेटा पैदा हुआ, जिसका नाम 'सूर्यनारायण' रखकर संत भानुदास परलोक सिधारे।

आगे चलकर सूर्यनारायण और उनकी पत्नी रुक्मिणी को एक बेटा हुआ, भविष्य में यह बच्चा ही 'संत एकनाथ' के नाम से विख्यात हुआ। चक्रपाणि अपने पोते को देखकर बड़े खुश हुए क्योंकि उन्हें अपने पोते में पिता भानुदास के दर्शन हो रहे थे। पिता में संत, पोते में संत और दोनों के बीच में चक्रपाणि। इस प्रकार चक्रपाणि दोनों ओर एक ही चीज़ देख रहे थे। इससे उन्हें अत्यंत खुशी होती थी।

चक्रपाणि की यह खुशी ज़्यादा समय तक नहीं टिकी। कुछ ही सालों बाद एकनाथ के माता-पिता का देहान्त हो गया। अब एकनाथ के पालन-पोषण की संपूर्ण ज़िम्मेदारी चक्रपाणि और उनकी पत्नी पर आ गई।

एकनाथ अब अपने दादा-दादी के साथ रहने लगे थे। वे बचपन से ही बड़े बुद्धिमान और श्रद्धावान थे। पूजा-अर्चना करना, हरि भजन गाना और कथाओं का श्रवण करना उन्हें बहुत पसंद था। बढ़ती उम्र के साथ संत भानुदास के सारे गुण एकनाथ में नज़र आने लगे थे। जब भी उनके घर के नज़दीक कीर्तन करनेवाले हरिभक्त आ जाते तो एकनाथ उनकी बातें और कीर्तन बड़ी एकाग्रता के साथ सुनते थे। बचपन से ही एकनाथ का अध्यात्म के प्रति रुझान देखकर चक्रपाणि समझ गए कि भविष्य में एकनाथ जरूर अपने परदादा भानुदास का नाम रोशन करेगा।

आस-पास के लोगों को भी एकनाथ ने अपने गुणों से मोहित कर दिया था। एकनाथ को देखकर पैठण के लोगों को संत भानुदास की याद आती थी। बचपन में भी एकनाथ का स्वभाव हठी नहीं था। जो कुछ भी उन्हें मिलता, उसमें वे हमेशा संतुष्ट रहते। देव, ब्राह्मण और साधु-महात्माओं के विषय में सहज प्रेम, सरलता, भजन में मग्न होकर भूख-प्यास को भूल जाना, विनम्रता आदि सारे गुण एकनाथ में बचपन से ही थे।

पंडित की ईमानदारी

चूँकि एकनाथ ब्राह्मण परिवार में पैदा हुए थे इसलिए छह साल की उम्र में ही उनका जनेऊ संस्कार हुआ था। उस समय ब्राह्मण कर्म के लिए कुछ शिक्षाएँ और नियम दिए गए थे। उस समय एक पंडित एकनाथ के घर आया करते थे। शिक्षा देने के लिए एकनाथ को कहानियाँ बताई जाती थीं, जिसमें श्रीकृष्ण और श्रीराम की कहानियों से लेकर ध्रुव और भक्त प्रह्लाद तक की कहानियाँ शामिल थीं। लेकिन उस समय भी एकनाथ उस पंडित से ऐसे सवाल पूछ लेते थे कि जिनका उत्तर पंडित के पास नहीं होता था। एकनाथ की ज्ञाननिष्ठा देखकर पंडित को यह आभास होता था कि 'यह कोई साधारण बालक नहीं है बल्कि यह कोई महात्मा, सर्वज्ञ महापुरुष ही मेरे सामने बैठा है।'

एक दिन पंडित, एकनाथ के दादा चक्रपाणि के पास जाकर यह कहने के लिए मजबूर हो गया कि 'मैं पंडित का यह कार्य सिर्फ जीविका के लिए करता हूँ, यह मेरा काम है। लेकिन आपका पोता मुझसे ऐसे-ऐसे सवाल पूछता है, जिनका जवाब देने का सामर्थ्य मुझमें नहीं है।' इस बात से पता चलता है कि वह पंडित कितना ईमानदार इंसान था।

दरअसल जब इंसान अपनी आजीविका के लिए कोई काम करता है तो उसे कम से कम ईमानदार तो रहना ही चाहिए। जैसे एक डॉक्टर अपनी आजीविका के लिए लोगों का इलाज करता है। इसलिए उसे अपने मरीज को ईमानदारी से बताना चाहिए कि 'कौन सा टेस्ट या दवा उसका जीवन बचाने के लिए और कौन सा टेस्ट या दवा सिर्फ उसका भ्रम मिटाने के लिए है।' जबकि वास्तविकता कुछ और ही है। ज़्यादातर डॉक्टरों को लगता है कि 'मरीज को बीमारी के बारे में बताकर जितना डराऊँगा, वह उतना ही ज़्यादा महँगा इलाज कराने के लिए तैयार हो जाएगा और मुझे ज़्यादा पैसा (कमीशन) मिलेगा।' आज का सच यह है कि कई लोग अपनी आजीविका के साथ इंसाफ नहीं करते।

इसी तरह ज्योतिषी, पंडित या ऐसे ज्ञानबंधु जो आध्यात्मिक ग्रंथ पढ़कर लोगों को कथाएँ सुनाते हैं, वे बस अपनी सेवा दे रहे हैं। इसका

अर्थ यह नहीं है कि उन्होंने खुद ईश्वर का साक्षात्कार किया है। उनकी सेवा के बदले उन्हें पैसे मिलते हैं, जिससे वे अपना पेट भरते हैं। इसमें कोई बुराई भी नहीं है, बस इसमें ईमानदारी होनी चाहिए, जैसी एकनाथ के शिक्षक पंडित में थी।

संत एकनाथ महाराज के परदादा संत भानुदास

3
एकनाथ की प्रार्थना का जवाब

बालक एकनाथ के मन में, परम सत्य को लेकर अनगिनत सवाल उठ रहे थे, जिनका समाधान उन्हें नहीं मिल पा रहा था। उनके अंदर विचार उठ रहे थे कि कि 'चारों ओर जो भी हो रहा है, मेरे पास उससे संबंधित कई सवाल हैं और मैं उनके जवाब जानना चाहता हूँ।' ये ऐसे सवाल थे, जिनका जवाब उन्हें कोई नहीं दे पा रहा था।

आखिर एकनाथ का मन बेचैन हो उठा। वे सोचने लगे कि 'बालक ध्रुव और भक्त प्रहलाद को जैसे नारद मिले थे, वैसे ही भगवान की प्राप्ति करा देनेवाले सद्गुरु मुझे कब मिलेंगे?' ऐसे विचार ही प्रार्थना का रूप लेते हैं।

इस प्रकार पैठण में, छह साल की उम्र में ही एकनाथ के अंदर पहली प्रार्थना उठी। जबकि आज छह साल के एक बच्चे के जीवन में इतनी सारी चीज़ें हो रही होती हैं कि उसके पास यह सब सोच पाने का

समय ही नहीं होता है। आज उसके साथ माता-पिता, शिक्षक, स्कूल, होमवर्क वगैरह बहुत कुछ होता है। इतनी बातों के चलते, भला आज का बालक क्या प्रार्थनाएँ करेगा?

जब इंसान हृदय की गहराइयों से सहयोग माँगता है, जब वह सोचता है कि 'बस बहुत हो गया, अब मुझे इस दलदल से निकलना है', तभी कुछ संभव हो पाता है। लेकिन सोचकर देखें कि बालक एकनाथ के जीवन में तो कोई दलदल नहीं थी बल्कि उनके जीवन में तो प्यार करनेवाले दादा-दादी थे, जो उसे प्यार से 'एका' बुलाया करते थे लेकिन फिर भी इतनी कम उम्र में उनके अंदर उच्चतम विचार उठने लगे थे।

जिस प्रकार एक पके हुए फल में चोंच मारने के लिए तोता तैयार रहता है, उसी प्रकार एक शिष्य के तैयार होते ही उस पर अनुकंपा यानी कृपा करने के लिए सद्गुरु भी तैयार रहते हैं। उस दिन के बाद अपनी आयु के बारह वर्ष तक एकनाथ हृदय की गहराई से सद्गुरु को पाने के लिए प्रार्थना कर रहे थे। बहुत जल्द ही उन्हें इस प्रार्थना का फल मिलनेवाला था।

आकाशवाणी द्वारा संकेत

एक दिन, एकनाथ रात के समय में मंदिर में लेटे हुए थे। तभी अचानक एक आकाशवाणी हुई कि 'तुम देवगढ़ पहुँचो और जनार्दन पंत की शरण में जाओ, वे तुम्हें कृतार्थ करेंगे और मुक्ति, सत्य की राह दिखाएँगे।' यहाँ पर आकाशवाणी का अर्थ यह न समझें कि आकाश से कोई आवाज़ आई और संदेश बताया गया। आकाशवाणी यानी अंतःप्रेरणा, जिसमें भीतर से आवाज़ आती है, मार्गदर्शन मिलता है। एकनाथ को आकाशवाणी सुनाई दी, इसका अर्थ ही है कि उनके भीतर से अंतःप्रेरणा उठी कि उन्हें देवगढ़ जाकर अपने प्रश्नों का उत्तर मिल सकता है।

मंदिर में हुई आकाशवाणी सुनकर एकनाथ तुरंत उठे और किसी को बताए बिना देवगढ़ के लिए निकल पड़े। उस समय उनकी सत्य की

प्यास इतनी तीव्र थी कि उन्हें यह भी खयाल नहीं आया कि उनके इस तरह जाने से उनके पीछे कितने लोग दुःखी हो जाएँगे।

अब आप समझ सकते हैं कि इस घटना के बाद उनके दादा-दादी की क्या हालत हुई होगी। एकनाथ के माता-पिता के बाद, उनके दादा-दादी ने ही उनका लालन-पालन किया था, यही कारण था कि उनके लिए एकनाथ का केवल बारह वर्ष की उम्र में घर छोड़कर चले जाना किसी बड़े झटके से कम नहीं था। चूँकि एकनाथ किसी को बताकर नहीं गए थे इसलिए दादा-दादी को लगा कि 'हमारा बच्चा गायब हो गया है' या 'उसे कोई उठाकर ले गया है।' उन्हें यह भी आशंका थी कि कहीं एकनाथ के साथ कोई अनहोनी न हो गई हो। इसीलिए उस समय वे गाँव की बाकी जगहों के साथ-साथ कुओं और नदियों में भी एकनाथ की तलाश करते रहे कि कहीं एकनाथ पानी में न डूब गया हो। लेकिन हर जगह ढूँढ़ने पर भी एकनाथ कहीं नहीं मिले। एकनाथ के दादा-दादी को यह पता नहीं था कि इतनी कम आयु में ही एकनाथ पर गुरुकृपा होनेवाली है।

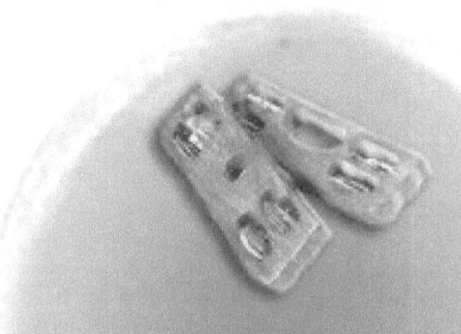

खण्ड 2
एकनाथ की गुरु सेवा

4
गुरु शरण में एकनाथ

एकनाथ के गुरु, जनार्दन स्वामी- वीर, दृढ़ स्वभावी, नियमी और तेजस्वी पुरुष थे। उस समय वे दौलताबाद के राजा की कचहरी में नौकरी करते थे। इसके साथ-साथ वे अपने शिष्यों को सिखाते भी थे और स्वयं साधना भी करते थे। अपने काम में दक्ष होने के कारण राज्य में इनका बड़ा सम्मान था। जनार्दन स्वामी गुरु दत्तात्रेय महाराज के उपासक थे। प्रातःकाल से वे श्रीदत्त की सेवा में लगे रहते थे, दोपहर के समय में वे राजा की कचहरी का काम देखते थे और शाम से लेकर रात तक 'ज्ञानेश्वरी' और 'अमृतानुभव' इन दो ग्रंथों का पठन करते थे। ऐसी उनकी दिनचर्या थी।

सद्गुरु की प्यास में एकनाथ पैठण से निकले और तीन दिन की यात्रा करके देवगढ़ में जनार्दन स्वामी के आश्रम में पहुँच गए। जनार्दन स्वामी को देखते ही एकनाथ उनकी शरण में गए। एकनाथ की शुभेच्छा का बल देखते हुए जनार्दन स्वामी को विश्वास हो गया कि 'यह मेरा शिष्य बन सकता है।' उन्होंने खुशी-खुशी एकनाथ को अपना शिष्य

स्वीकार किया।

दूसरी ओर एकनाथ ने जैसे ही अपने गुरु को देखा, उनकी बातें सुनी तो उन्हें विश्वास हो गया कि मंदिर में वह आकाशवाणी जनार्दन स्वामी जैसा गुरु मिलने के लिए ही हुई थी। इस तरह एकनाथ बिना किसी शंका के अपने गुरु की सेवा करने में जुट गए। गुरु मिलने के बाद एकनाथ ने कभी यह इच्छा नहीं रखी कि उन्हें तुरंत ज्ञान मिल जाए क्योंकि वे जानते थे कि सद्गुरु से ज्ञान लेने से पहले अपनी पात्रता सिद्ध करनी होती है। सेवा करने से न सिर्फ पात्रता सिद्ध होती है बल्कि तैयारी भी होती है। इससे पता चलता है कि ज्ञान मिलने के बाद इंसान क्या करेगा... कौन सी जिम्मेदारी उठाएगा... उसे ठीक से निभा पाएगा या नहीं... और क्या उसका शरीर उसका सहयोग करेगा या उसके अंदर के तमोगुण उसे तथाकथित ज्ञानी (दिखावा करनेवाला ज्ञानी) बना देंगे...।

संत एकनाथ महाराज के गुरु संत जनार्दन स्वामी

इससे आपको समझ में आया होगा कि एकनाथ से जो काम होने थे, उसके पहले उनके शरीर पर काम होना कितना जरूरी था। अगर वह काम नहीं होता तो आज आप एकनाथ महाराज का जैसा महाजीवन चरित्र देखते हैं, वह आपको कभी दिखाई नहीं देता। जनार्दन स्वामी ने देखा कि एकनाथ सुबह से रात तक निरंतर सेवा के कार्य में लगे रहते हैं और गुरु भक्ति में रहते हुए ही सारे कार्य करते हैं।

उस समय शिष्यों को सुबह गुरु के उठने से पहले उठना पड़ता था और रात को उनके सोने के बाद ही शिष्य स्वयं सो सकते थे। दिन में तो साँस लेने का भी समय नहीं होता था। योग्य शिष्य अपने-अपने कार्यों में इतने व्यस्त रहते थे कि उनके पास दिनभर कुछ और करने का समय ही नहीं बचता था।

एकनाथ हमेशा यही प्रार्थना करते कि 'गुरु की सेवा करने का मुझे इतना सामर्थ्य दो कि सारे नौकर-चाकरों का काम मैं अकेला ही कर दूँ।' एकनाथ अपने भूख-प्यास का खयाल न रखकर, गुरु के भूख-प्यास का खयाल रखते। हमेशा इसी बात में वे सजग रहते कि गुरु के शरीर की निद्रा में ज़रा भी बाधा न आए। अब गुरु की खुशी ही एकनाथ की खुशी थी, गुरु के शब्द ही उनके लिए शास्त्र थे, गुरु की मूर्ति ही उनका परमेश्वर, गुरु का घर ही उनका स्वर्ग, यही नहीं 'गुरु साक्षात परब्रह्म' इसी भावना से एकनाथ सेवा करते थे। जनार्दन स्वामी के पास राजा की नौकरी से संबंधित भी कई कार्य होते थे। एकनाथ उनके सारे कार्यों को पूरा करने में अपना योगदान देते थे यानी वे घर के कार्य तो करते ही थे, इसके साथ ही अपने गुरु के अन्य कार्य भी करते थे। कचहरी में नौकरी करने की वजह से हिसाब-किताब करना जनार्दन स्वामी के काम का ही हिस्सा था। अब उन्होंने यह काम एकनाथ को सौंप दिया। एकनाथ हर रात बैठकर दिनभर के हिसाब-किताब का काम पूरा कर लिया करते थे। अपने गुरु से ही एकनाथ ने यह सब कुछ सीखा।

बिखराव से मुक्त एकनाथ

करीब छह साल तक एकनाथ की यही दिनचर्या रही। इन छह सालों

में उन्होंने किसी से यह सवाल नहीं पूछा कि 'मुझे ज्ञान कब मिलेगा?' वे तो बस यह जानते थे कि 'जो आदेश हुआ है, जो आकाशवाणी हुई है, जो गुरुजी बता रहे हैं, मुझे वही करना है।' इससे आप समझ सकते हैं कि एकनाथ के अंदर कैसी श्रद्धा जाग चुकी थी। इस प्रक्रिया में एकनाथ का शरीर कुछ इस तरह तैयार हुआ कि वे एक ही प्रार्थना करने लगे उस परम सत्य की यानी बहुत छोटी ही उम्र में वे बिखराव से मुक्त हो गए। इसका अर्थ ही गुरु की सेवा करते-करते एकनाथ के सब मनोविकार शांत हो गए। राग-लोभ विलीन हुए, इंद्रियाँ वासनारहित हो गईं, काया तेजोमय हुई। उनके रोम-रोम से आंतरिक समाधान का तेज प्रकट होने लगा।

आज देखा जाए तो इंसान का जीवन कैसे बिखरा हुआ है। मनन करने से ही समझ में आएगा कि 'मेरा जीवन किस तरह बिखर गया है... किस तरह मैंने संसारभर के लोगों से तरह-तरह के वादे करके रखे हैं... अपने लालच के कारण लोगों को न जाने क्या-क्या बोलकर रखा है... तरह-तरह के प्रपंच फैला रखे हैं...।' जो चीज़ें आपने बोईं और गलत दिशा में चली गईं यानी जो गलत प्रार्थनाएँ आपने कीं, उन्हें अपने केंद्र (हृदयस्थान) में लेकर आना है। इसके लिए आपको खुद को बताना होगा कि 'मेरी फलाँ चीज़ें (इच्छाएँ) गलत दिशा में चली गई हैं और अब मुझे इन्हें अपने केंद्र में लाना होगा।'

एकनाथ महाराज के जीवन में बिखराव लानेवाला ऐसा कोई कष्ट था ही नहीं क्योंकि केवल बारह साल की उम्र में ही वे अपने बिखराव से मुक्त हो चुके थे। इसीलिए उनका जीवन पूरी तरह केंद्रित था। अब सवाल उठता है कि उनके अंदर यह शक्ति कहाँ से आई कि उनका पूरा जीवन ही केंद्रित हो गया और कभी बिखराव नहीं आया? दरअसल यह गुरु की सेवा करने और गुरु की आज्ञा का महत्त्व जानने की वजह से हुआ। इसके अलावा पंडित जी बचपन से ही उन्हें ऐसी कहानियाँ सुनाते थे, जिनके कारण वे ऐसी कई चीज़ों से पहले ही बच गए, जिन पर लोगों को बाद में कार्य करना पड़ता है।

एकनाथ के जीवन को पढ़ते हुए आप समझ सकते हैं कि उनके जीवन में कभी कोई बिखराव आया ही नहीं क्योंकि उनके जीवन में कोई और विषय आया ही नहीं। हालाँकि सबका जीवन एक जैसा नहीं होता। जैसे संत तुकाराम का जीवन, संत एकनाथ से बहुत अलग था। आपका जीवन भी अलग है। लेकिन कहीं न कहीं आपको कुछ आधारभूत सिद्धांतों को समझना होगा और जानना होगा कि वे कौन सी बातें थीं, जो लगभग सबके साथ घटीं। जब आप ऐसे सारे संतों के जीवन पर मनन करेंगे तो पाएँगे कि सबके जीवन में 'सत्य पाने के लिए निरंतर प्रार्थना करना', 'बिखराव से मुक्त होना' ये एक समान बातें थीं। एकनाथ ने भी हृदय की गहराई से प्रार्थना की और उनके जीवन में जनार्दन स्वामी जैसे सद्गुरु आए।

एकनाथ ने हमेशा गुरु की सेवा को महत्त्व दिया। वे कहते, 'सेवा में ऐसी प्रीति हो गई कि उससे आधी घड़ी भी अवकाश नहीं चाहिए था। सेवा में आलस्य तो रह ही नहीं गया क्योंकि इस सेवा में विश्रांति का स्थान ही चला गया। सेवा में प्यास जल भूल गए और भूख मिष्ठान भूल गए। जँभाई लेने की भी फुरसत न रह गई। सेवा में मन ऐसे रम गया कि एका जनार्दन की शरण में ही लीन हो गया।' अगले अध्याय में दी गई घटना संत एकनाथ की निःस्वार्थ सेवा का दर्शन कराती है।

5
एकाग्रता के सरताज- एकनाथ

एक बार गुरुजी ने एकनाथ को हिसाब-किताब का कार्य दिया था। उसमें एक पैसे की भूल थी यानी एक पैसे का हिसाब नहीं मिल रहा था। गुरुजी तो रात में सो गए थे मगर एकनाथ महाराज पूरी रात एक पैसे का हिसाब ढूँढ़ते रहे। गौर करें कि एकनाथ के मन में ऐसा विचार नहीं आया कि 'सिर्फ एक पैसे की ही तो बात है, कल कर लेंगे।' इससे उनकी श्रद्धा और लगन का पता चलता है। वे आज के कार्य आज ही समाप्त करते हैं क्योंकि उनका शरीर इसके लिए प्रशिक्षित था। जबकि आजकल ज्यादातर लोग आज का काम कल पर टालते रहते हैं। दरअसल लोगों को पता ही नहीं होता कि वास्तव में क्या टालना चाहिए और क्या नहीं। इंसान को सिर्फ अपने विकारों को और नकारात्मक चीज़ों को टालना चाहिए लेकिन वह इसका उल्टा करता है। वह सेवाओं और सकारात्मक चीज़ों को टालता रहता है। उसे अपने अंदर जो गुण लाने चाहिए, वह उन्हें टालता रहता है।

एकनाथ रातभर एक पैसे का हिसाब ढूँढ़ते रहे। रात काफी हो चुकी

थी, रात का तीसरा पहर भी बीत चुका था। गुरुजी के शरीर को अचानक जाग हुई और उन्हें मोमबत्ती की रोशनी दिखाई दी। उन्होंने देखा कि एकनाथ हिसाब-किताब कर रहा है। अचानक एकनाथ को हिसाब मिल गया और वे खुशी से ताली बजाने लगे। यह देखकर गुरुजी ने एकनाथ से आकर पूछा, 'क्या हुआ एका?' एकनाथ ने बताया कि 'मुझे एक पैसे की भूल मिल गई इसलिए बहुत खुशी हुई।' पूरी बात सुनकर गुरुजी ने कहा, 'एक पैसे की खुशी, एक पैसे की भूल पता चलने पर तुम्हें कितनी खुशी हो गई तो सोचो कि संसार बनाते समय तुमसे जो भूल हुई है, जब वह पता चलेगी तो कितनी खुशी होगी।' दरअसल जनार्दन स्वामी कहना चाहते थे कि 'इस संसार में प्रवेश करते ही तुमसे जो भूल हुई है, वह मालूम पड़ेगी तो कितनी खुशी होगी, कितना नृत्य करोगे, कितना आनंद लोगे।'

सोचें कि संत एकनाथ के जीवन से किस भूल की ओर आपको इशारा किया जा रहा है।

जब इंसान से अपने आपको शरीर मानने (मैं शरीर हूँ) की भूल हो जाती है और जब उसे इसके बारे में अपने अनुभव से पता चलता है तो एक विशेष वातावरण (सत् चित्त आनंद) तैयार होता है।

गुरुजी ने अपनी बात से जो इशारा किया था, वह एकनाथ महाराज को मनन करने के लिए काफी था। इसीलिए कहा जाता है कि समझदार इंसान को इशारा ही काफी है। इस तरह एकनाथ के ज्ञान और समझ की शुरुआत हुई। यह इसीलिए संभव हुआ क्योंकि वे सेवा करके स्वयं को पूरी तरह तैयार कर चुके थे। सेवा ने एकनाथ को एकाग्रता का सरताज बना दिया। एक पैसे के हिसाब के लिए पूरी रात मेहनत करके उन्होंने गुरुजी के सामने यह साबित कर दिया कि वे किसी छोटे से मुद्दे को समझने के लिए गहराई में जाकर मनन के उच्चतम बिंदु तक भी जा सकते हैं।

देखा जाए तो लोगों का मन बहुत मोटा होता है, उसमें ज़रा भी तीक्ष्णता यानी पैनापन नहीं होता। जिसके चलते वह किसी भी विषय

के बारे में एक पल सोचता है और फिर दूसरे ही पल में उस विषय को छोड़ देता है, आगे उस पर मनन भी नहीं कर पाता। मन सोचता है कि 'अभी जाने दो, इस विषय के बारे में कल सोचेंगे।' ऐसा इसलिए होता है क्योंकि इंसान के मन को जब भी कोई गहरी दिशा दी जाती है तो वह जल्द ही थक जाता है। लेकिन बिना गहराई के मन यूँ ही कुछ सोच रहा हो या इधर-उधर भटक रहा हो तो वह नहीं थकता। घंटों तक इंसान का मन कुछ न कुछ सोचते रहता है लेकिन इंसान को इसका पता भी नहीं चलता।

जैसे थिएटर में फिल्म देखते समय ढाई घंटे का समय कैसे बीत जाता है, इंसान को पता नहीं चलता क्योंकि वहाँ मन को लगातार खाना (मनोरंजन) मिल रहा होता है। वहाँ वह ऐसी बातों में उलझा रहता है कि 'वाह! उस हीरो के कपड़े कितने अच्छे हैं... नया फैशन आया है... उसके पीछे कौन नाच रहा था...' वगैरह। लेकिन जैसे ही मन का खाना बंद करके उस पर लगाम कसी जाती है तो उसे नींद आने लगती है।

चूँकि एकनाथ महाराज के शरीर पर पहले ही काम कराया जा चुका था इसलिए अगर एकनाथ की अनुमति न हो तो उन्हें नींद नहीं आ सकती थी। जब तक गुरुजी खुद नहीं सो जाते, एकनाथ को नींद नहीं आती थी या जब तक उस एक पैसे का हिसाब नहीं मिला, एकनाथ को नींद नहीं आई। ऐसा सेवा कार्य एकनाथ के शरीर द्वारा हुआ था जो एकनाथी का निर्माण करनेवाला था।

6
एकनाथ का अनुष्ठान
एक वीर एकनाथ

एक दिन गुरुजी समाधि में बैठे हुए थे और एकनाथ बाहर निगरानी कर रहे थे। तभी कुछ लोग दौड़ते हुए आए। वे एकनाथ के गुरु जनार्दन स्वामी को बताना चाहते थे कि महल पर, कुछ लोगों ने हमला किया है। युद्ध की परिस्थितियाँ निर्माण हुई हैं। वह युद्ध यानी एक छोटी सी बगावत थी। जिसमें लोग गद्दी पाने के लिए या लोगों के बीच फूट डालने के लिए छोटे-छोटे हमले करते हैं। चूँकि एकनाथ बाहर निगरानी कर रहे थे इसलिए उन लोगों ने यह बात पहले एकनाथ को बताई। लेकिन एकनाथ ने उन्हें गुरु के पास अंदर भेजने के बजाय कहा कि 'ठीक है, मैं कुछ करता हूँ।' यह कहकर एकनाथ अंदर गए और जनार्दन स्वामी की योद्धावाली पोशाक खुद पहनकर और शस्त्र लेकर उन लोगों के खिलाफ युद्ध पर चले गए। कुछ घंटों के बाद वे युद्ध जीतकर वापिस लौटे और योद्धा की वह पोशाक उतारकर फिर शांति से बैठ गए। समाधि के बाद जब गुरुजी बाहर आए तो एकनाथ ने उनसे युद्ध के बारे में एक शब्द भी नहीं कहा कि 'मैं आपकी जगह युद्ध करके आया हूँ।' गुरुजी आगे निकले तो उन्होंने गौर किया कि वहाँ का माहौल

जरा बदला हुआ है, चहल-पहल अलग सी लग रही है। उन्होंने किसी से पूछा कि 'क्या हुआ?' तब उन्हें पूरी बात बताई गई और यह भी बताया गया कि 'चूँकि आप समाधि में थे इसलिए एकनाथ स्वयं युद्ध करके आए हैं।'

उपरोक्त घटना में एकनाथ की निष्ठा और सेवा भाव देखकर जनार्दन स्वामी समझ गए कि अब एकनाथ को ईश्वर दर्शन कराने का समय आ गया है। उन्होंने एकनाथ को अपने गुरु दत्तात्रेय महाराज का दर्शन कराया और शूलभंजन पर्वत पर अनुष्ठान करने के लिए भेज दिया। एकनाथ वहाँ गए और गुरु की आज्ञा के अनुसार सिमरन किया और जो उनसे करने के लिए कहा गया था, वह सब उन्होंने किया।

शूलभंजन पर्वत पर अनुष्ठान

शूलभंजन पर्वत पर एकनाथ महाराज स्मरण करने के लिए समाधि में बैठते थे। समाधि में वे इस प्रकार खो जाते थे कि उन्हें अपने शरीर का एहसास ही नहीं होता था। कोई साँप आकर उनके शरीर पर घूमकर जाता लेकिन उन्हें इसका पता नहीं चलता था। दिनभर समाधि में बैठने के बाद शाम को जब एकनाथ उठते, उसी समय प्रतिदिन वहाँ एक ग्वाला भी आया करता था। एकनाथ को देखते ही वह ग्वाला समझ गया कि 'ये कोई संत महापुरुष हैं।' उसने एकनाथ को प्रणाम किया और कहा कि 'महाराज, मैं हर दिन यहाँ से जाते समय आपको देखता हूँ तो आपकी सेवा करने की इच्छा होती है।' एकनाथ की अनुमति मिलने पर वह ग्वाला प्रतिदिन उनके लिए ताजा दूध लेकर आने लगा। एकनाथ भी उस ग्वाले का शुद्ध भाव देखकर उसका लाया हुआ दूध पी लिया करते थे। दरअसल जब लोग सत्य की राह पर चलते हैं तो इस तरह की व्यवस्थाएँ स्वत: ही होने लगती हैं। यह सब कैसे होता है, यह अपने आपमें एक आश्चर्य है। इसीलिए लोग ऐसी चीज़ों को चमत्कार का नाम दे देते हैं।

एक दिन ग्वाला रोज़ाना के अपने समय से थोड़ा पहले उस रास्ते से जा रहा था, जहाँ पर एकनाथ महाराज समाधि में बैठे थे। तब उसने देखा कि एक साँप एकनाथ महाराज के शरीर पर चढ़ गया है। यह देखकर वह

ग्वाला घबराहट के मारे चीख पड़ा। एकनाथ महाराज ने आँखें खोलीं तो वह साँप उनके शरीर से उतरकर चला गया। जब एकनाथ ने उस साँप को अपने शरीर से उतरकर जाते हुए देखा तो उस दिन उन्हें विश्वास हो गया कि 'अगर इस साँप का ज़हर भी मेरे लिए अमृत बन सकता है तो फिर मुझे कोई चिंता करने की जरूरत ही नहीं बची। अर्थात इस स्थिति में भी कोई मुझे जीवित रख रहा है तो सब कुछ उसी पर छोड़ देना चाहिए।'

जब आप सत्य की बातें सुनते हैं और उन्हें अनुभव करते हैं तब समझ में आता है कि 'अरे हाँ, वास्तव में ऐसा ही तो है।' जब ऐसा होता है तो आपको अपना वह अनुभव जिंदगीभर याद रहता है। आपको उसे जानबूझकर याद रखने या फिर उसे दोहराने की जरूरत नहीं पड़ती क्योंकि वह आपके जीवन का अंग बन जाता है।

शूलभंजन पर्वत पर अनुष्ठान करते हुए संत एकनाथ महाराज
(काल्पनिक चित्र)

एकनाथ महाराज को जितनी अवधि के लिए उस पर्वत पर भेजा गया था, वे उतनी अवधि तक वहाँ रहे और अनुष्ठान पूरा करके उन्होंने सत्य को जाना। गुरुजी ने सेवा द्वारा पहले ही उनकी तैयारी पूरी करवा दी थी। इसके अलावा एकनाथ ने युद्ध भी किया, जिससे पाखंड फैलानेवालों से न डरने की तैयारी हो गई थी। इसलिए कहा जा सकता है कि संत एकनाथ हैं एक वीर एकनाथ, महावीर एकनाथ।

जब आप सेवा के कार्य में होते हैं तब आपके सामने नई-नई स्थितियाँ आती हैं, नई-नई घटनाएँ घटती हैं, जैसे अचानक कोई आपसे झगड़ पड़ता है या कार्य में अड़चन आती है। ऐसे में आप उस स्थिति को कैसे सँभालते हैं, यह आपको तैयार करता है। ऐसी स्थितियों से आपको यह प्रशिक्षण मिलता है कि कहाँ आपका चुप रहना जरूरी है और कहाँ बोलना जरूरी है। यह प्रशिक्षण पात्रता बढ़ाता है।

जनार्दन स्वामी को यह विश्वास हो गया कि अब एकनाथ तीर्थयात्रा करने के लिए पात्र बन गए हैं। इसलिए उन्होंने एकनाथ को तीर्थयात्रा पर जाने की आज्ञा दी।

7
सच्चे शिष्य एकनाथ के लिए
गुरु आज्ञा का स्थान

एकनाथ महाराज के शरीर को जो प्रशिक्षण मिला, उनके सेल्फ को जो आत्मदर्शन हुआ, उसके बाद जनार्दन स्वामी ने उन्हें यात्राएँ करने की आज्ञा देते हुए कहा कि 'अब तुम भागवत धर्म का प्रसार करो।' लेकिन एकनाथ महाराज अपने गुरु के साथ ही रहना चाहते थे इसलिए गुरुजी कुछ समय तक उनके साथ यात्राओं में गए। उस समय एकनाथ को उन्होंने अपनी दृष्टि में इसका बोध कराया कि यात्रा कैसे की जाती है। वे एकनाथ के साथ नासिक, त्रयम्बकेश्वर जैसी जगहों पर गए।

सोलहवीं सदी में यात्रा को भी आध्यात्मिक लक्ष्य को पाने का प्रारंभिक प्रयास (सोपान) माना जाता था। यह उस समय की जरूरत थी। जबकि आज इसका अलग तरीके से उपयोग होता है। आपको यात्रा का असली लक्ष्य मालूम होगा तो ही आप इसका लाभ ले पाएँगे वरना माया में अधिक उलझेंगे। अगर आपने यात्रा का सही अर्थ नहीं समझा तो आज की उलझन उस काल से भी बहुत ज़्यादा हो सकती है। आज लोग एक जगह बैठकर ही गैजेट्स व कंप्यूटर्स के द्वारा पूरी दुनिया का

भ्रमण कर सकते हैं लेकिन उस ज़माने में यात्रा ही आध्यात्मिक लक्ष्य का प्रारंभिक प्रयास थी। ऐसा इसलिए था क्योंकि जब इंसान यात्रा करता है तो वह यात्रा तीर्थ भी बन सकती है। जब इंसान समझ के साथ यात्रा करके लौटता है, तब उसके अंदर यह भाव होगा कि 'मैं तीर्थ करके लौटा हूँ। इसी का अभ्यास समाज में करना है।' इस भाव के साथ इंसान के भीतर महत्वपूर्ण परिवर्तन होंगे। वरना लोग यात्रा करके आते हैं और फिर किसी नई यात्रा की तैयारी करने लगते हैं। और इस दौरान जो उन्हें सीखना था, वह नहीं सीख पाते।

जिन संतों ने वास्तव में बड़ी-बड़ी ऐसी यात्राएँ की हैं, उन्होंने उन यात्राओं से बहुत कुछ सिद्ध किया है। ज्ञान मिलने से पहले उनके द्वारा जो यात्राएँ हुईं और ज्ञान मिलने के बाद जो यात्राएँ हुईं, उनमें काफी फर्क था।

जब आप किसी यात्रा में जाते हैं तो सामान्यत: यात्रा करके वापिस आ जाते हैं और इससे कुछ खास हासिल नहीं होता। लेकिन यदि यात्रा को लेकर आपके अंदर यह विचार होगा कि 'यह यात्रा मेरे उद्देश्यों की पूर्ति में सहायक होगी और इस यात्रा से मुझे फलाँ सवाल का जवाब मिलना चाहिए' तो आपकी यह भावना चमत्कार कर सकती है। बस आपको यह मालूम होना चाहिए कि यह यात्रा क्यों करनी है। अलग-अलग यात्राओं में जाकर इंसान को बहुत कुछ देखने, सुनने और महसूस करने को मिलता है। इस दौरान इंसान कुछ कष्टों से भी गुज़रता है और अपने मन की बड़बड़ भी सुनता है। जब वह यह आत्मदर्शन करके लौटता है तो उसकी यात्रा तीर्थ बन जाती है। एकनाथ की यात्रा भी उनके लिए तीर्थ बन गई थी।

एक यात्रा के दौरान जनार्दन स्वामी और एकनाथ की मुलाकात एक ब्राह्मण पंडित से हुई। दरअसल उस समय तक सारा ज्ञान और पुस्तकें वगैरह सिर्फ संस्कृत भाषा में ही उपलब्ध थीं, जो ब्राह्मणों की भाषा थी, जिसे सामान्य लोग समझ नहीं सकते थे। एक होती है 'भगवत गीता' और दूसरी होती है 'गीता भागवत', जिसमें श्रीकृष्ण की दुर्लभ कहानियाँ

संग्रहित की गई हैं। इसलिए जनार्दन स्वामी ने एकनाथ को यह आज्ञा दी कि 'तुम इस पर टीका करो और इसका मराठी में अनुवाद करो।'

एकनाथ ने अपने गुरु के सामने ही यह कार्य शुरू कर दिया। जनार्दन स्वामी एकनाथ को आशीर्वाद देकर वापस देवगढ़ चले गए। एकनाथ द्वारा भागवत पर लिखा गया यह पहला ग्रंथ था, जिसका नाम था 'चतुःश्लोकी भागवत'। एकनाथ कहते हैं, ''ग्रंथ कैसे लिखा जाता है, इसका मुझे कोई ज्ञान नहीं। मेरे गुरु की आज्ञा से ही यह काम मुझसे हो गया है। गुरु की आज्ञा में विलक्षण सामर्थ्य है। भागवत का अर्थ जानना भी मेरे लिए कठिन था। लेकिन गुरु की आज्ञा होने पर भागवत का अर्थ मुझे समझ में आने लगा। गुरु आज्ञा ने ऐसा पीछा किया कि रोज़मर्रा की बातों से भी ज्ञान मिलने लगा, शब्द के आगे ज्ञान दौड़ने लगा और जो कुछ भी मन में आया, वह सब ग्रंथार्थ होने लगा।'' इस प्रकार एकनाथ ने भागवत की रचना लोकभाषा में करके गुरु आज्ञा का भी महत्त्व समझाया है।

जनार्दन स्वामी की दो मुख्य आज्ञाएँ

जब जनार्दन स्वामी एकनाथ को यात्राओं में आगे भेजकर वापस देवगढ़ लौट रहे थे तब जाने से पहले उन्होंने एकनाथ को कुछ आज्ञाएँ दीं।

पहली आज्ञा - 'यात्रा के दौरान तुम कई लोगों से मिलोगे, अपना ज्ञान अपने पास रखना, उसे प्रकट मत करना यानी चुप रहना।'

हर इंसान को हमेशा यही लगता है कि 'मैं जो जानता हूँ, वह दूसरों को बताऊँ।' अर्थात इंसान खुद किसी की सुनना नहीं चाहता, बस अपनी बात बताना चाहता है। एकनाथ के गुरु ने उन्हें यह इशारा किया कि 'यात्राओं में तुम्हें दूसरों को सुनना है।' गुरुजी के अनुसार यह यात्रा का नियम था कि 'तुम किसी को कुछ बताने नहीं बल्कि स्वयं सुनने जा रहे हो, श्रवण करने जा रहे हो।'

दूसरी आज्ञा - 'यात्रा में तुम जिन साधु-संतों से मिलोगे और उनकी बातें सुनोगे तो वह सब सुनते समय तुम्हें अपना स्वआनंद अपने अंदर ही

महसूस करना है। अगर तुम यह कर पाए तो अपने ज्ञान में स्थिर हो जाओगे।'

यहाँ स्थिर होने का अर्थ है स्टैबिलाइज़ होना। इस प्रकार संकेत देकर गुरुजी ने एकनाथ को बता दिया कि 'तुम्हारी इस यात्रा का उद्‌देश्य स्टैबिलाइजेशन पाना है।'

जनार्दन स्वामी ने संकेत की भाषा में कहा कि 'यह प्रशंसा पाने का समय नहीं है बल्कि यह वारी यानी यात्रा का समय है।' इसीलिए यात्रा करनेवाले संप्रदाय को वारकरी संप्रदाय कहा गया। गुरुजी के यह सब कहते ही एकनाथ ने तय किया कि वे गुरु की आज्ञा के अनुसार ही सब करेंगे। उनके अंदर कोई अन्य विचार भी नहीं आया कि 'गुरुजी ने ऐसा क्यों कहा या मुझे ऐसा करना चाहिए या नहीं' वगैरह। उनके लिए गुरु की आज्ञा ही सर्वोपरि थी।

कई शिष्य गुरु के द्वारा आज्ञा देने पर उनसे सवाल करने लगते हैं कि 'ऐसा क्यों करना चाहिए... यह नहीं किया तो क्या फर्क पड़ेगा...' इत्यादि। कुछ शिष्य तो गुरु की आज्ञा का पालन न करते हुए अपने ही मन की सुनते हैं।

जैसे, गुरु एक शिष्य से पूछते हैं कि 'आजकल आप सत्संग में क्यों नहीं आ रहे हैं?' इस पर शिष्य कहता है, 'आपकी शिक्षा से मुझे बहुत ज्ञान मिला है। आपने मुझे जो ज्ञान दिया उसी के लाभस्वरूप मेरे जीवन से बोझ, तनाव, दुःख, परेशानियाँ और उतार-चढ़ाव कम हुए हैं। आपके द्वारा मिले ज्ञान से मैं तृप्त हो गया हूँ, आप सचमुच बहुत महान हैं। इस ज्ञान से अब तक मैंने जो भी पाया है, उससे सब कुछ बहुत अच्छा चल रहा है। आगे मुझे अब और सीखने की आवश्यकता महसूस नहीं हो रही है।'

ऐसा उत्तर पाकर गुरु उस शिष्य को समझाते हैं कि 'आप अभी और सत्य का श्रवण करें ताकि इसके आगे की बातें भी आप समझ पाएँ।' फिर भी शिष्य का वही जवाब होता है, 'अब मुझे और अधिक श्रवण की आवश्यकता महसूस नहीं हो रही है।' यहाँ वह शिष्य यह नहीं समझ

पा रहा है कि गुरु द्वारा मिले ज्ञान से उसके जीवन में इतने सकारात्मक परिणाम हुए हैं। यदि वही गुरु और श्रवण करने की आज्ञा दे रहे हैं तो अवश्य ही उसके पीछे कोई कारण है।

परंतु मन की सुननेवाला शिष्य, गुरु की आज्ञा को आसानी से ठुकरा देता है। इस तरह वह अपने ही पाँव पर कुल्हाड़ी मार लेता है और कुछ सालों उपरांत केवल माया का श्रवण करने की वजह से वह सत्य से दूर हो जाता है। इसलिए मन को अपना गुरु न बनाएँ। मन को गुरु बना लेने से मन मनमानी करने लगता है। हमें मन रूपी गुरु की छत्रछाया में नहीं बल्कि एकनाथ की भाँति असली गुरु की आज्ञा में रहना है।

एकनाथ एक सच्चे शिष्य थे। उन्होंने अपने गुरु की शिक्षाओं का महत्त्व समझकर, उनकी आज्ञा का हमेशा पालन किया। यहाँ तक कि तीर्थ यात्रा के पूर्ण होने के बाद जब एकनाथ को पैठण में अपने गुरु से लिखित में यह आज्ञा मिली कि 'अब तुम गृहस्थ आश्रम में प्रवेश करो' तो उन्होंने गुरु की इस आज्ञा को सिर-माथे पर रखा। अर्थात यात्रा पूरी होने और ईश्वर दर्शन होने के बाद भी एकनाथ ने गुरु की आज्ञा मानी और ऐसा कोई सवाल नहीं किया कि 'मैं शादी क्यों करूँ? इस प्रपंच में क्यों पड़ूँ?' उन्होंने बिना कोई सवाल किए गुरु आज्ञा का पालन किया क्योंकि उन्हें पता है कि गुरु की हर आज्ञा के पीछे एक उद्देश्य छिपा होता है। जिससे शिष्य का ही लाभ होता है।

8
गधे में हरि दर्शन

एकनाथ महाराज के जीवन में कई विशेष घटनाएँ घटीं, जो उनके नेक चरित्र को दर्शाती हैं। अपने गुरु जनार्दन स्वामी से आशीर्वाद लेकर एकनाथ पहले काशी में गए और फिर वहाँ से वे प्रयाग गए। प्रयाग में कुछ समय बिताने के पश्चात उन्होंने तय किया कि यहाँ से गंगाजल लेकर रामेश्वरम की ओर जाएँगे और वहाँ पर इस जल को चढ़ाएँगे। उस समय लोग एक डंडे पर पानी की मटकी टाँगकर अपने साथ ले जाया करते थे, जिसे कांवर कहा जाता था। एकनाथ ने भी ऐसी ही काँवर ली थी। चूँकि यात्रा के दौरान कई नए लोगों से जान-पहचान हो ही जाती है इसलिए एकनाथ के साथ भी कुछ नए लोग थे, जो उनके साथ रामेश्वरम जा रहे थे।

इस यात्रा के दौरान रास्ते में उन्होंने एक गधे को जमीन पर पड़े देखा, वह प्यास से छटपटा रहा था और ऐसा लग रहा था कि अगर उसे पानी नहीं मिला तो वह अधिक देर तक जीवित नहीं रह पाएगा। उसकी जान बचाने के लिए आसपास कहीं पर भी पानी उपलब्ध नहीं

था। इसलिए एकनाथ ने तुरंत अपने मटके का गंगाजल उस गधे को पिला दिया, जिससे उसकी जान बच गई।

जब लोगों ने देखा कि एकनाथ गधे को गंगाजल पिला रहे हैं तो उन्हें बड़ी हैरानी हुई। वे सोचने लगे कि जो गंगाजल रामेश्वरम में चढ़ाने के लिए इतनी मेहनत से प्रयाग से लाया गया है, उस गंगाजल को एकनाथ एक गधे को कैसे पिला सकते हैं? यहाँ पर गधा यानी वास्तव का गधा नहीं बल्कि गधे (ग-ध) का अर्थ है गलत धारणा। एकनाथ इस बात को जानते थे कि 'यह गधा नहीं, गलत धारणा है।'

जब एकनाथ ने गधे को गंगाजल पिलाया तो लोगों ने उन्हें बहुत भला-बुरा कहा कि 'एकनाथ मूर्ख है, न जाने क्या कर रहा है।' उन लोगों ने ऐसा इसीलिए कहा क्योंकि उन्हें पता नहीं था कि एकनाथ की समझ क्या है और वे किसे प्रतिसाद दे रहे हैं। एकनाथ ने उन लोगों से कहा कि 'इस गधे को पानी पिलाकर मैंने तो अपना गंगाजल रामेश्वरम में चढ़ा दिया है, मेरा काम पूरा हो गया। जबकि तुम लोग तो अभी पहुँचे भी नहीं हो, अभी गंगाजल चढ़ाना तुम्हारे लिए संभव नहीं हो पाया है।'

आगे एकनाथ महाराज ने कहा, 'जो ज्ञान समय आने पर काम न आए, वह किसी काम का नहीं है और जो जल समय पर जीवन न दे, वह जल किसी काम का नहीं है।' इसीलिए तो कहा जाता है कि 'जल जीवन है।'

एकनाथ के अंदर अपने अनुभवों और समझ के कारण एक दृढ़ता थी इसलिए वे लोगों को सही जवाब दे पाए। जब हमारे अंदर भी यह दृढ़ता होती है तो प्रतिसाद देना बहुत आसान हो जाता है वरना बहुत मुश्किल हो जाती है। जब यह दृढ़ता नहीं होती और कोई आपको अपशब्द कहकर या गधा कहकर चला जाता है तो आपको बहुत बुरा लगता है। इसके पीछे आपकी अपनी यह मान्यता ही होती है कि गधा शब्द बुरा है और दूसरी मान्यता यह होती है कि गधा और मैं अलग-अलग हैं।

जो समझदार है, जिसके पास दृढ़ता है, वह अपने लिए गधा शब्द सुनकर बुरा नहीं मानेगा बल्कि वह इस शब्द को इस तरह देखेगा कि ग से गलत और धा से धारणाएँ। अगर आपको गधा शब्द बुरा लग रहा है तो याद रखें कि इसके पीछे आपकी मान्यता है। इसी तरह जब भी दुःख आए तो समझ जाएँ कि इसके पीछे आपकी गलत सोच है क्योंकि बिना गलत मान्यता के दुःख आ नहीं सकता। गधा शब्द सुनकर आपने अपने आपको जो मान रखा है, उसका दर्शन हो जाए। यही तो असली शिक्षाएँ हैं, असली ज्ञान है। अगर यह ज्ञान किसी के काम नहीं आ रहा है तो इसका अर्थ यही है कि उसने ज्ञान को समझा ही नहीं है। संतों के जीवन पर आधारित ऐसी कहानियाँ इंसान को मनन करने के लिए प्रेरित करती हैं।

एकनाथ ने एक गधे में भी हरि दर्शन कर लिया क्योंकि उन्होंने अपने गुरु से संत ज्ञानेश्वर महाराज का जीवन चरित्र सुना था। एकनाथ के गुरु जनार्दन स्वामी स्वयं ज्ञानेश्वरी पढ़ते थे और एकनाथ को उसकी शिक्षाएँ बताया करते थे। इसके साथ ही एकनाथ संत नामदेव के अभंग और भजन भी सुन चुके थे। इसलिए वे यह बात जानते थे कि अगर ज्ञान समय आने पर काम नहीं आ रहा है तो वह किसी काम का नहीं है। इसीलिए भक्ति कहती है कि 'सभी में एक को देखो।' क्योंकि कोई दूसरा है ही नहीं। वास्तव में कोई गधा रास्ते पर नहीं पड़ा है। वह तो बस एक दृश्य है, जो आपके ध्यान क्षेत्र में आया है ताकि यह देखा जा सके कि उस स्थिति में आप क्या कर सकते हैं। जब एकनाथ के सामने यह स्थिति आई तो वे जो कर सकते थे, उन्होंने वह किया और इस तरह दृश्य बदल गया। उस गधे को प्राण दान मिला, वह उठ खड़ा हुआ।

इस प्रकार यात्रा में एकनाथ के साथ लोग ऐसी अलग-अलग बातें सीख रहे थे। जो ज्ञान पाने के लिए पात्र था, वह एकनाथ की बातों को और उनकी क्रियाओं के पीछे के अर्थ को समझ जाता था।

इस प्रकार गुरु की आज्ञा के अनुसार एकनाथ यात्रा पर निकले, नए-नए लोगों से मिले-जुले और स्वआनंद लेते रहे। छह साल की उम्र

में एकनाथ ने प्रार्थना की, बारह साल की उम्र में गुरु शरण में आए, अठारह साल की उम्र में तीर्थ यात्रा पर निकले और अब आखिरकार पच्चीस वर्ष की उम्र में एकनाथ अपनी सारी यात्राओं को पूरा करके स्वआनंद लेते-लेते ही वापिस अपने गाँव पैठण लौटे।

9
एकनाथ की खोज

जब एकनाथ तीर्थयात्रा पर थे तब पैठण में अभी भी उनके दादा-दादी उनकी तलाश कर रहे थे। अपने पोते को लेकर चक्रपाणि और उनकी पत्नी की चिंता एकनाथ को बचपन में सिखानेवाले पंडित जी से देखी नहीं गई। इसलिए पंडित जी स्वयं यात्रा पर निकल गए ताकि एकनाथ को खोजकर वापिस घर ला सकें। एकनाथ का बचपन का चेहरा, उस समय के उनके प्रिय-अप्रिय पदार्थ और उनका आध्यात्मिक स्वभाव इन सब बातों को याद करके पंडित जी ने मन ही मन यह अनुमान लगाया कि एकनाथ जरूर किसी न किसी संत के साथ ही रह रहे होंगे। हालाँकि उस ज़माने में यात्राएँ करना आसान नहीं था क्योंकि उस समय आज की तरह परिवहन के आधुनिक साधन उपलब्ध नहीं थे। इसके बावजूद भी पंडित जी जहाँ भी यात्रा पर जाते, चाहे औरंगाबाद हो या काशी, वे एकनाथ के बारे में पता ज़रूर लगाते। लेकिन काफी कोशिशों के बाद भी उन्हें एकनाथ का पता नहीं चला।

एक दिन यात्रा के दौरान अचानक पंडित जी को किसी ने बताया

कि उसने जनार्दन स्वामी के यहाँ एकनाथ नामक किसी शिष्य के बारे में सुना है। यह सुनते ही पंडित जी ने पता लगाया कि जनार्दन स्वामी कहाँ मिलेंगे। चूँकि जनार्दन स्वामी उस समय लोगों के बीच प्रसिद्ध थे इसलिए पंडित जी को उनका पता लगाने में ज्यादा समस्या नहीं हुई।

आखिरकार पंडित जी देवगढ़ पहुँचकर जनार्दन स्वामी से मिले और उन्हें बताया कि 'बारह वर्ष की उम्र में जब एकनाथ घर से निकले थे तो किसी को बताकर नहीं निकले थे और उनके बूढ़े दादा-दादी यानी चक्रपाणि और उनकी पत्नी आज तक एकनाथ के घर वापिस लौटने की उम्मीद लगाए बैठे हैं।'

जनार्दन स्वामी ने कहा कि 'ठीक है, हम एकनाथ को वापस पैठण भेज देते हैं।' मगर पंडित जी ने चक्रपाणि की ओर से जनार्दन स्वामी से यह प्रार्थना की कि 'आप एकनाथ के नाम ऐसा आज्ञापत्र दें कि तीर्थयात्रा करके जब एकनाथ पैठण वापस आएँ तब अपने दादा-दादी को छोड़कर फिर कहीं न जाएँ और विवाह करके अपने दादा-दादी के साथ ही रहें।' भविष्य को ध्यान में रखते हुए जनार्दन स्वामी ने ऐसा आज्ञापत्र लिखकर पंडित जी के पास दिया। अब आप समझ गए होंगे कि 1560 के आसपास एकनाथ के जीवन के सभी महत्वपूर्ण लोगों के एक साथ इकट्ठे होने की जिस घटना यानी जन्माष्टमी के उत्सव के बारे में पुस्तक की शुरूआत में बताया गया था, उसका कारण पंडित जी और जनार्दन स्वामी की यह मुलाकात थी।

पंडित जी जनार्दन स्वामी द्वारा दी गई लिखित आज्ञा लेकर वापिस पैठण आ गए। एकनाथ के दादाजी चक्रपाणि से मिलकर उन्होंने बताया कि 'एकनाथ बिलकुल सकुशल हैं और देवगढ़ के जनार्दन स्वामी की शरण में हैं। उनके ही आशीर्वाद से एकनाथ तीर्थ यात्रा करने गए हैं।' पंडित जी की आनंद वार्ता सुनकर चक्रपाणि की आँखों से खुशी के आँसू बहने लगे। चक्रपाणि और उनकी पत्नी दोनों को अब कुछ साल और जीने की इच्छा होने लगी। चूँकि उन्हें पता था कि एकनाथ के गुरु ने स्वयं उन्हें आज्ञापत्र दिया है इसलिए एकनाथ के वापिस आने को लेकर

अब दादा-दादी के मन में कोई शंका नहीं रही। उन्हें विश्वास था कि गुरु की आज्ञा मिलने के कारण एकनाथ जरूर पैठण वापिस आएँगे।

तीर्थयात्रा पूरी करके जब एकनाथ पैठण वापस आए तब पंडित जी ने ही उनकी चक्रपाणि से भेंट करवाई। बारह साल बाद चक्रपाणि अपने पोते से मिल रहे थे। उनके लिए वह दिन और समय किसी बड़े उत्सव से कम नहीं था। उस बूढ़े शरीर में अब फिर से जान आ गई थी। चक्रपाणि ने जनार्दन स्वामी का आज्ञापत्र एकनाथ को दिखाया। अपने गुरु के अक्षर देखते ही एकनाथ ने उस पत्र को अपने मस्तक से लगाया और पढ़कर स्वीकार किया। गुरु आज्ञा से गृहस्थाश्रम में प्रवेश करके उसी स्थान पर एकनाथ ने वास किया। पत्र मिलते समय जिस स्थान पर एकनाथ बैठे थे, वहीं पर उन्होंने अपनी छोटी सी कुटिया बनाई। अब एकनाथ पैठण में ही रहने लगे। पत्नी गिरिजाबाई के साथ उन्होंने अपना संसारी जीवन आरंभ किया।

इस तरह एकनाथ गृहस्थ भी बन गए। संत, कवि और एकाग्रता के सरताज तो वे पहले ही थे। उन्होंने ये सारी भूमिकाएँ एक साथ निभाईं।

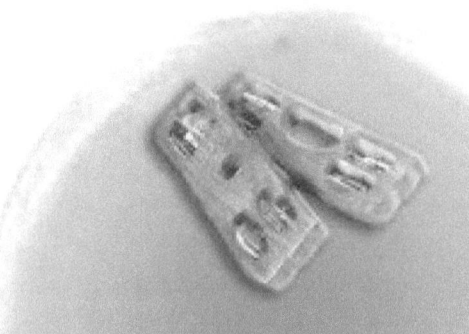

खण्ड 3
संसार और परमार्थ

10
एकनाथ के संसारी जीवन की शुरुआत

संत तुकाराम और संत एकनाथ दोनों ने भी वैवाहिक जीवन में रहते हुए परमार्थ साध लिया था।

एकनाथ के परिवार में उनकी पत्नी गिरिजाबाई के अलावा उनका एक शिष्य भी था, जिसका नाम उद्धव था। इसके अलावा उनके बच्चे भी थे। एकनाथ का जीवन तो पहले से ही बिखराव से मुक्त था। जब उनकी शादी हुई तो उन्होंने पाया कि उनकी पत्नी भी मोक्ष प्राप्ति की प्रार्थना करके ही उनके जीवन में आई थी। एकनाथ और गिरिजाबाई के जीवन का लक्ष्य एक ही था।

जीवन में ऐसे ही घटनाक्रम होते हैं और लोग आपसे जुड़ते जाते हैं। जैसे एक डॉक्टर भी डॉक्टर पत्नी ही चाहता है क्योंकि अगर पत्नी डॉक्टर नहीं होगी और आधी रात को मरीज के घर से डॉक्टर के पास बुलावा आएगा तो पत्नी चिल्लाएगी। लेकिन अगर वह भी डॉक्टर होगी तो समझ पाएगी कि डॉक्टर का काम किस तरह का होता है। लोग ऐसा

ही जीवनसाथी चाहते हैं। एकनाथ महाराज को भी उनके अनुरूप ही सहचारिणी मिली थी।

अगर रामकृष्ण परमहंस की पत्नी शारदा देवी के बजाय कोई और होतीं तो उनके जीवन की कहानी कुछ और ही होती। इसी तरह अगर एकनाथ महाराज की पत्नी भी गिरिजाबाई नहीं होती तो उनकी कहानी भी अलग होती। उनके गृहस्थ जीवन में ऐसी घटनाएँ भी हुईं कि आधी रात को देर-सबेर मेहमान घर आ जाते थे। कभी-कभी लोग कीर्तन के पहले भी आ जाते थे। क्योंकि दूर-दूर तक एकनाथ के नाम की बहुत चर्चा थी, उनकी कीर्ति चारों ओर फैल गई थी। इसलिए कीर्तन के लिए दूर-दूर से लोग आते रहते थे और कई बार कीर्तन हो जाने के बाद उन्हीं के घर में ठहर जाते थे। पहले उनका घर बहुत छोटा था लेकिन वे किसी तरह सबके रुकने का इंतजाम कर दिया करते थे।

शादी के बाद गृहस्थ जीवन में होने के बावजूद एकनाथ सत्य के प्रसार में सबसे अधिक समय देते थे। उनके शिष्य उद्धव बाहर के सारे कार्य सँभाल लेते थे। एकनाथ की पत्नी गिरिजाबाई ने अल्प आयु में ही घर के सारे कार्यों की जिम्मेदारी ली थी इसलिए एकनाथ को किसी और चीज़ की फिक्र करने की जरूरत नहीं पड़ती थी। उन्होंने अपनी पत्नी के साथ रहने और सत्संग के लिए एक छोटी सी कुटिया बना ली। धीरे-धीरे सत्संग में आनेवालों की तादाद बढ़ती गई। इस कारण एकनाथ को अपनी कुटिया का आकार बढ़ाना पड़ा। आखिरकार इस तरह वहाँ काफी बड़ा परिसर बन गया, जहाँ सत्संग और कीर्तन होता था। दूर-दूर से लोग वहाँ आते थे और कीर्तन में झूमते थे, दर्शन करते थे, आत्मदर्शन करते थे और उस भाव में आनंदित होकर अपने विकारों से मुक्त होने लगते थे। सत्संग में आने से उस समय लोगों की जो जरूरतें थीं, वे पूरी होने लग गईं।

गिरिजाबाई ने अपने पति के दादा-दादी की सेवा करने में भी कोई कसर नहीं छोड़ी। जब तक चक्रपाणि और उनकी पत्नी जीवित थीं तब तक गिरिजाबाई उनकी इच्छा अनुसार ही सारा कार्य करके उनकी सेवा

करती थीं। एकनाथ के विवाह के कुछ सालों बाद उनके दादा-दादी दोनों का देहांत हो गया। अब घर का सारा भार गिरिजाबाई पर ही था। वे शीलवती, शांत और दयालु स्वभाव की थीं। परोपकार करने या बालकों व वृद्धों के साथ प्रेमभरा व्यवहार करने में वे एकनाथ से कम नहीं थीं। एकनाथ महाराज चाहते थे कि द्वार पर आया हुआ कोई भी अतिथि खाली हाथ न लौटे और गिरिजाबाई सदैव अपने पति की इस इच्छा को पूरा करती थीं। रात-बेरात चूल्हा जलाकर, रसोई बनाकर, भूखों को भोजन कराने में उन्होंने कभी आलस्य नहीं किया।

घर का सारा काम-काज संभालकर गिरिजाबाई हरि चिंतन में मग्न रहती थीं। इस प्रकार एकनाथ महाराज का प्रपंच और परमार्थ एकरूप होने में गिरिजाबाई की बड़ी सहायता थी। एकनाथ महाराज कहते, 'भोजन के समय में अतिथि, पति और पुत्र सभी जिसकी दृष्टि में समान हैं और धन का लोभ जिसके मन को स्पर्श भी नहीं करता, उसी स्त्री को परमार्थ का अधिकार है।' गिरिजाबाई के गुणों के कारण ही एकनाथ महाराज के वैवाहिक जीवन में हमेशा आनंद कायम रहा। परमार्थ की राह पर निकले अनेक साधुओं ने अपनी घर-गृहस्थी त्याग दी, कुछ साधु जिन्होंने विवाह किया लेकिन उनका वैवाहिक जीवन सुखी न रहा। मगर एकनाथ महाराज का वैवाहिक जीवन तो उस समय सभी के लिए आदर्श बन रहा था।

11
एकनाथ के परिवार की एकता और सामंजस्य

एक परिवार था, जिसके सारे सदस्य बहुत खुशी से जीवन जी रहे थे। उन्हें किसी भी चीज़ की कोई कमी नहीं थी। सारी सुख-सुविधाएँ उनके घर में उपलब्ध थीं।

फिर कुछ ऐसी परिस्थितियाँ बनने लगीं कि घर की सारी धन-संपत्ति धीरे-धीरे समाप्त होने लगी। अचानक एक दिन उस घर के लोग बेघर हो गए। जिसके बाद घर का मुखिया परिवार के सदस्यों को लेकर एक जंगल में गया। वहाँ उसने सात-आठ पेड़ों के झुंड के बीच एक खाली जगह देखी और बच्चों से कहा, 'चलो घर की सफाई करो।' बच्चों ने तुरंत हामी भरी और काम पर लग गए। फिर उसने अपनी पत्नी से कहा कि 'तुम गृहप्रवेश की तैयारी करो।' यह सुनकर उसकी पत्नी भी तुरंत काम पर लग गई। किसी ने मुखिया से एक भी सवाल नहीं किया और काम करते गए। परिवार की आपसी समझ कैसी होनी चाहिए- यह इससे पता चलता है।

फिर घर के मुखिया ने परिवार के बाकी सदस्यों को काम

बाँटना शुरू किया। किसी को फल लेकर आने के लिए कहा तो किसी को लकड़ियाँ लाने भेज दिया और किसी को चूल्हा जलाने के लिए कह दिया। सभी अपना-अपना कार्य बड़ी तत्पर्ता से कर रहे थे। ऐसा लग रहा था मानो उनके साथ कुछ हुआ ही नहीं है।

उन सात-आठ पेड़ों के झुंड में एक पेड़ ऐसा भी था, जिसमें एक डायन रहती थी। जब उसने इस परिवार को देखा तो पहले तो वह यह सोचकर खुश हो गई कि 'अब इनके आने से मुझे खूब खाने को मिलेगा।' फिर जब उसने इस परिवार के मुखिया की बातें सुनी तो उसे लगा कि इन लोगों के पास न तो कोई घर है और न ही कोई खास सामान तो फिर ये घर की सफाई और गृहप्रवेश की बातें क्यों कर रहे हैं। जैसे ही डायन के अंदर यह विचार आया तो उसे शंका होने लग गई कि 'कहीं ये लोग मुझे भगाने की तैयारी तो नहीं कर रहे हैं।'

यह सोचकर डायन घबरा गई और उस परिवार के मुखिया के पैरों पर गिरकर विनती करने लगी कि 'तुम लोग मुझे मत भगाओ, तुम कहो तो मैंने लोगों से हासिल कर-करके जो भी दौलत इकट्ठा की है, मैं वह सब तुम लोगों को देने को तैयार हूँ।' उसे इस तरह विनती करते देख घर के मुखिया को पूरी बात समझ में आ गई कि इस डायन को क्या गलतफहमी हुई है और क्यों हुई है। उस परिवार के संघ की एकता को देखकर डायन को गलतफहमी हो गई थी कि 'ये लोग मुझे भगाने की सोच रहे हैं।' इसी सोच के चलते आखिरकार डायन के पास जो भी था, उसने उस परिवार को दे दिया और वह परिवार फिर से समृद्ध बन गया।

इस कहानी में दर्शाया गया है कि जब किसी परिवार के सदस्यों में आपसी एकता और सामंजस्य होता है तो उनके दुश्मनों की कैसी हालत होती है। इसका संदेश यह है कि अगर परिवार के सदस्य एक-दूसरे पर भरोसा करें, उनके बीच प्रेम और आदर का भाव है तो वहाँ ऐसा ही होता है।

इस परिवार के साथ जंगल में जो भी हो रहा था, वह अदृश्य में हो रहा था। उन्हें पता नहीं था कि पेड़ पर एक डायन रहती है, जो उनकी

बातें सुन रही है। उस डायन ने उनकी हालत देखी लेकिन वह इस बात से आश्चर्यचकित थी कि बेघर होने के कारण और इतनी बुरी हालत होने के बाद भी परिवार के सदस्य एक-दूसरे से कोई शिकायत या एक-दूसरे पर दोषारोपण नहीं कर रहे हैं बल्कि परिवार के मुखिया की बात को शांति से सुन भी रहे हैं और मान भी रहे हैं।

परिवार के सदस्य तो बस उस विपरीत परिस्थिति में भी अपनी ओर से सर्वश्रेष्ठ प्रयास करना चाहते थे। वे यह नहीं सोच रहे थे कि 'हमें एक ही दिन में अपने लिए एक बँगला तैयार करना है।' वे तो बस यह कोशिश कर रहे थे कि आज हमारे हाथ में जो भी काम आया है, उसे अच्छी तरह पूरा करें। संत एकनाथ का परिवार भी ऐसा ही था।

एक बार एकनाथ के घर पर देर रात कुछ मेहमान आ गए। एकनाथ ने अपनी पत्नी गिरिजाबाई से मेहमानों के लिए खाना बनाने को कहा। उस समय खाना बनाने के लिए घर में लकड़ी नहीं थी। लेकिन उनकी पत्नी ने कोई सवाल नहीं किया बल्कि कहा कि 'हाँ, अभी बनाती हूँ।' इससे समझें कि यदि आप कोई कार्य करने जा रहे हैं तो फिर आपको इस बात की फिक्र करने की आवश्यकता नहीं है कि यह सब कैसे होगा... सारा इंतजाम कहाँ से होगा...? क्योंकि **शुद्ध मन से शुरू किए गए कार्य में अंततः सब कुछ अच्छा हो ही जाता है।**

अधिकतर लोगों को यह कला आती ही नहीं है। वे सोचते हैं कि 'पहले मुझे पूरा काम समझ में आए, फिर मैं शुरू करूँगा।' लोगों के सामने बड़े-बड़े प्रोजेक्ट आते हैं और वे उन्हें शुरू करने के बजाय इसी बात में उलझे रहते हैं कि 'पहले मुझे पूरा कार्य समझाओ फिर मैं शुरू करूँगा।' ऐसे लोग पूरा सप्ताह काम को समझने में लगा देंगे और जब आप उनसे पूछेंगे कि 'कितना काम हुआ?' तो वे जवाब देंगे कि 'मैंने तो काम शुरू ही नहीं किया है।' फिर अगर आप उनसे इसका कारण पूछेंगे तो वे कुछ ऐसा जवाब देंगे कि 'दरअसल अभी भी दो-चार बातें ऐसी हैं, जो मुझे समझ में नहीं आई हैं, एक बार वे सब समझ में आ जाएँ तो मैं काम शुरू कर दूँगा।'

ऐसे लोग जीवन के बारे में भी कुछ इसी तरह की बातें करते हैं कि 'यह जीवन कैसे जीना है, यह मुझे अभी तक स्पष्ट नहीं हुआ है। अभी भी जीवन को लेकर मेरे पास कई सारे सवाल हैं। जब तक उन सवालों के जवाब मेरे सामने स्पष्ट नहीं हो जाते, मैं बिना चिंतावाला जीवन जीना शुरू नहीं करूँगा।' जरूरत इस बात की है कि कोई जाकर उन्हें बताए कि 'तुम एक बार जीना शुरू तो करो, बाकी सब अपने आप ही होता जाएगा।'

तेजसंसारी* परिवार इससे बिलकुल अलग होता है। वहाँ तो जो कार्य करना होता है, उसके बारे में हर किसी का सिर्फ एक ही विचार होता है कि 'चलो कार्य शुरू करते हैं।' ऐसे परिवारों में कोई यह नहीं कहता कि 'ऐसा कैसे होगा, तुम तो बस बातें करते रहते हो, भुगतना तो हमें पड़ता है।' इससे पता चलता है कि 'घर के सारे लोगों के बीच बढ़िया तालमेल है।'

जब एकनाथ के घर में मेहमान आए और खाना बनाने के लिए लकड़ी नहीं थी तो एकनाथ ने चारपाई की रस्सी निकालकर चारों पाए पत्नी को दिए और कहा कि 'इन्हें जलाकर खाना पका लो।' पत्नी ने भी उनसे यह नहीं कहा कि 'यह क्या कर रहो हो... चारपाई क्यों तोड़ रहे हो...' वगैरह। उन्होंने तो एकनाथ की बात मानते हुए तुरंत चारपाई के पायों को चूल्हे में डाला और कुछ ही देर में मेहमानों के लिए खाना बनाकर तैयार कर दिया।'

आज के जमाने में अगर किसी के घर में आधी रात को मेहमान आ जाएँ तो लोग आपस में शिकायत करने लगते हैं कि 'अरे, इसे तो समय का कोई खयाल ही नहीं है।' वे उस मेहमान के लिए ज़रूरी इंतज़ाम तो करते हैं, खाना भी खिलाते हैं लेकिन मेहमान के प्रति मन में शिकायतें भी रखते हैं। वे इस तरह की बातें करते हैं कि 'शकल से तो ये बड़े समझदार लगते हैं लेकिन असल में एक पैसे की अकल नहीं है, बिना सोचे-समझे

***** *संसार और संन्यास के बीच संतुलन स्थापित करनेवाले को तेजसंसारी कहते हैं।*

बस आ धमकते हैं।' मगर एकनाथ महाराज या उनकी पत्नी ऐसी विचारों में नहीं उलझे। इसीलिए उनका जीवन बड़ा ही सात्विक रहा और एक पल के लिए भी उनके मन में किसी के प्रति बुरी भावना नहीं जगी।

जब आप काम करना शुरू करते हैं तो हर चीज़ का इंतज़ाम स्वतः होने लगता है। एक चीज़ जाती है तो दूसरी चीज़ आ जाती है, यह प्रकृति का नियम है। यहाँ कुछ भी रुकता नहीं है। इसलिए **वर्तमान में जीकर उसे खूब खर्च करें, अगला क्षण अपनी फिक्र खुद ही कर लेगा।**

12
एकनाथ महाराज का सत्संग

संत एकनाथ हर दिन कीर्तन और सत्संग का आयोजन करते थे ताकि लोग टिक पाएँ, रुक पाएँ, नाम सिमरन का महत्त्व समझ पाएँ और उनके जीवन में यह ज्ञान उतरना शुरू हो जाए। वरना लोग सत्संग से निकलते हैं और फिर दोबारा दुनियाभर की चीज़ें देख-सुनकर उनमें अटक जाते हैं। लेकिन अगर अंदर सिमरन चल रहा है, जाप चल रहा है तो इंसान उन चीज़ों के आकर्षण से बाहर निकल सकता है, जिनमें वह अटकता है।

संत एकनाथ के सत्संग में एक अलग तरह का भजन भी गाया जाता था, जिसे 'भजनी भारुड' कहा जाता है। इस कला में भजन इस तरह प्रस्तुत किए जाते हैं, जो मनोरंजन के साथ-साथ सत्य का इशारा भी करते हैं यानी हँसी-खेल के साथ लोग असली बात को समझ सकते हैं। कुछ भजन ऐसे होते हैं, जो बहुश्रुत होते हैं यानी जिन्हें बहुत सुना गया हो। ठीक वैसे ही जैसे आजकल इंटरनेट पर कुछ वीडियो वायरल हो जाते हैं।

संत एकनाथ के कीर्तन में ऐसे ही कुछ भजन होने लग गए, जिन्हें हर कोई उन्हें सुनना चाहता था। चूँकि ऐसे भजनों से मनोरंजन भी होता है इसलिए उनमें दिए गए सच्चे इशारे सिर्फ वे ही लोग समझ पाते हैं, जो वास्तव में उसके पात्र होते हैं। जो ज्ञान लेने के लिए पात्र होगा, जो उसके लायक होगा वह मनोरंजन में नहीं अटकेगा बल्कि भजन से फायदा लेगा। संत एकनाथ के कीर्तनों में ऐसी रचना भी होने लगी और धीरे-धीरे इसके लिए जरूरी माहौल भी तैयार होने लगा। ऐसा होना जरूरी है वरना लोग जल्द ही यह शिकायत करने लगते हैं कि इतने उच्चतम ज्ञान की बातें हमें समझ में नहीं आतीं। यही कारण है कि ज्ञान को आम लोगों तक पहुँचाने के लिए एकनाथ महाराज ने उसे आसान करके लोगों को बताया।

जैसे एकनाथ के सत्संग में 'रुक्मिणी स्वयंवर' का किस्सा सुनाया जाता था। जिसमें इस बात का वर्णन होता है कि किस तरह रुक्मिणी का स्वयंवर कृष्ण से होनेवाला है... उस समय रुक्मिणी क्या सोच रही है... और कृष्ण की हालत क्या है... वगैरह। इसे लोग पूरी रुचि से सुनते थे क्योंकि इसमें हास्य और आनंद भी होता था, साथ ही रुक्मिणी के प्रेम और भक्ति की बातें सुनते-सुनते एकनाथ लोगों को आध्यात्मिक ज्ञान भी दे देते थे। लोगों को पता भी नहीं चलता था कि मनोरंजन के साथ-साथ उन्हें ज्ञान भी मिल गया है। ये चीज़ें ज्ञान और समझ को लोगों के दिलो-दिमाग तक ले जाने के लिए एक रास्ते का काम कर रही थीं।

इस प्रकार एकनाथ ने अपने जीवन में जो भी किया, उसमें कुछ नई-नई चीज़ें जरूर जोड़ीं ताकि एक आम आदमी भी उसका लाभ ले पाए। उनका सबसे प्रमुख कार्य तो यही था कि उन्होंने धार्मिक साहित्य को मराठी भाषा में अनुवादित किया, जिससे वह ज्ञान उन लोगों के लिए सुलभ हो गया, जो सिर्फ मराठी भाषा जानते थे। एकनाथ कीर्तन के बाद ललित कला कार्यक्रम वगैरह भी आयोजित करते थे, जिसमें वे कई बार स्वयं एकल अभिनय प्रस्तुत करते थे यानी बिना वस्त्र बदले वे अनेक किरदारों को खुद ही निभाते थे। वे यह सब इसीलिए करते थे ताकि लोगों को भागवत समझ में आए और उन्हें इसका महत्त्व पता चले।

बिना श्रेय लिए, जीने का तरीका

एकनाथ महाराज जो भी करते थे, उसका श्रेय खुद कभी नहीं लेते थे। वे तो कहते थे कि 'यह सब मेरे गुरुजी के प्रताप से और लोगों के सहयोग से हो रहा है।' इस लिहाज से एकनाथ और स्वामी विवेकानन्द एक जैसे शिष्य थे। हालाँकि दोनों के गुरु अलग थे। विवेकानन्द के गुरु रामकृष्ण परमहंस थे तो एकनाथ के गुरु जनार्दन स्वामी। लेकिन एकनाथ की तरह ही विवेकानन्द ने भी अपने जीवन में जो भी किया, उसका श्रेय स्वयं कभी नहीं लिया।

स्वामी विवेकानन्द ने धर्म प्रर्वतकों को, उसका प्रसार करनेवालों को बताया कि 'जो धर्म का प्रसार करता है, जो शिक्षक है, वह खुद को अनेक भागों में बाँट सकता है और विद्यार्थी के सेल्फ से अपना सेल्फ जोड़ सकता है। सच्चा शिक्षक अपने विद्यार्थी की आँखों से देखता है, विद्यार्थी के कानों से सुनता है कि उनका स्तर क्या है।' एकनाथ भी जानते थे कि जो लोग उनके पास कीर्तन में आते हैं, उनकी आँखों से देखा जाए, उनके कानों से सुना जाए। वे इस बात से अच्छी तरह परिचित थे कि जो इंसान किसी के पास कुछ समझने के लिए आया होता है, वह सामनेवाले को शिक्षक का दर्जा दे रहा होता है और सच्चा शिक्षक वही है, जो उनके मन में जाकर समझता है कि उसके मन की अवस्था क्या है। जो शिक्षक ऐसा करता है सिर्फ वही यह कार्य कर सकता है, न कि कोई और।

स्वामी विवेकानन्द ने यह आदर्श अपने शिष्यों को दिया था कि 'अगर तुम कोई कार्य करने जा रहे हो तो तुम्हारी तैयारी पूरी होनी चाहिए।' ठीक यही तैयारी जनार्दन स्वामी ने एकनाथ महाराज से कराई थी। अपने शिष्य के सेल्फ से अपना सेल्फ जोड़कर, उसके कानों से सुनकर, उसकी आँखों से देखकर, उसके मन से समझकर ही उन्हें ज्ञान देना चाहिए ताकि ऐसी व्यवस्थाएँ, ऐसी रचनावलियाँ प्रस्तुत की जा सकें, जिससे लोग उसका तेजलाभ और आनंद ले सकें।

सांसारिक जीवन में रहते हुए भी एकनाथ ने परमार्थ का मार्ग जारी

रखा। उन्होंने सांसारिक जीवन और और परमार्थ के मार्ग के बीच एक ऐसा तालमेल बिठाया, जो हर सत्य के प्यासे के लिए प्रेरणा देनेवाला है। संत एकनाथ के जीवन से हमें यह समझ मिलती है कि संसार में रहते हुए और सारी समस्याओं का धीरज से सामना करते हुए भी हम सत्य प्राप्त कर सकते हैं। हर संत या महापुरुष के जीवन में ऐसे लोग होते हैं, जो उनके कार्य को अस्वीकार करते हैं। ऐसे ज्ञानी लोग स्वयं को श्रेष्ठ साबित करने के लिए हमेशा अपने समय के संतों या महापुरुषों के जीवन में परेशानियाँ पैदा करते रहते हैं। संत एकनाथ के जीवन में भी ऐसे कई लोग थे लेकिन एकनाथ के मन में किसी के लिए भी कोई शिकायत नहीं थी। उन्होंने तो हर परेशान करनेवाले इंसान को प्रेम की भावना से ही प्रतिसाद दिया है। आगे के अध्यायों से इस बात को विस्तार से समझेंगे।

13
एकनाथ की, मुक्त प्रतिसाद की अवस्था

एक दिन एकनाथ महाराज के घर पर एक ब्राह्मण आया। आते ही उसने अजीब सी हरकतें शुरू कर दीं ताकि एकनाथ महाराज को गुस्सा आ जाए। उसे लग रहा था कि 'एकनाथ हमेशा बड़े शांत रहते हैं इसलिए आज तो मैं इन्हें क्रोध दिलाकर ही रहूँगा।' घर में आते ही यह ब्राह्मण बिना किसी से पूछे, बिना हाथ-पैर धोए सीधे उनके पूजाघर में गया। एकनाथ वहीं पर पूजा कर रहे थे और यह ब्राह्मण उनके आसन से कुछ दूर नहीं, उनके पास भी नहीं बल्कि सीधे उनकी पालथी पर जाकर बैठ गया। ऐसा करके उसे लगा कि 'अब तो एकनाथ को क्रोध जरूर आएगा।' लेकिन एकनाथ महाराज उसकी सारी हरकतें देखकर भी शांति से बैठे हुए थे। उन्होंने उस ब्राह्मण से कहा, 'आपके दर्शन से मुझे बहुत खुशी हुई। मुझसे मिलने तो बहुत से लोग आते हैं लेकिन आपका यह प्रेम कुछ अलग है।' इससे ब्राह्मण का पहला वार खाली गया। अब उसने फिर से एक बार प्रयत्न करने का निश्चय किया।

जब खाना खाने का समय हुआ तो एकनाथ महाराज ने उस

ब्राह्मण से कहा कि 'आओ खाना खा लो।' उसने कहा, 'हाँ, आता हूँ।' लेकिन फिर वह टाल-मटोल करने लगा, घर में इधर-उधर घूमने लगा। आखिरकार जब किसी तरह खाना खाने को बैठा और गिरिजाबाई खाना परोसने के लिए झुकीं तो वह उछलकर उनकी पीठ पर बैठ गया। अब ज़रा सोचिए कि अगर कोई जानबूझकर किसी की पत्नी की पीठ पर बैठ जाए तो कोई भी क्रोधित हो सकता है। लेकिन एकनाथ महाराज ने नाराज़ होने के बजाय अपनी पत्नी से कहा, 'जरा बच्चे को सँभालना, कहीं गिर न जाए।' यह सुनकर गिरिजाबाई ने भी कहा कि 'चिंता न करें, मुझे बच्चे सँभालने का अनुभव है।' उन दोनों का यह प्रतिसाद देखकर वह ब्राह्मण दंग रह गया और उसने तुरंत एकनाथ महाराज से माफी माँगी और अपने आने की असली वजह भी बताई।

उसने बताया कि 'मैं पड़ोस के एक गाँव का ब्राह्मण हूँ। चूँकि मुझे पैसों की सख्त जरूरत थी और मेरे गाँव में पैसों का इंतजाम नहीं हो पाया इसलिए मैं इस गाँव में आ गया। यहाँ आकर मुझे पेड़ के नीचे कुछ लोग मिले।' वे सारे एकनाथ के निंदक थे जो सभी पहले से ही उनसे खफा थे। जब ब्राह्मण ने उन लोगों से पूछा कि 'मुझे कुछ पैसों की जरूरत है, क्या आप मेरी कुछ मदद कर सकते हैं?' तो आपस में गप्पे हाँक रहे उन लोगों ने कहा कि 'ठीक है, हम तुम्हें पैसे देने के लिए तैयार हैं, बस शर्त यह है कि तुम एक बार यहाँ के एकनाथ महाराज को गुस्सा दिलाकर दिखाओ।' इसीलिए वह एकनाथ के घर आकर ऐसी हरकतें कर रहा था।

आगे उस ब्राह्मण ने एकनाथ महाराज से माफी माँगते हुए कहा कि 'मुझे अपने किए पर शर्म आ रही है कि मैं पैसों के लिए इतना गिर गया था। मुझे तो लगा था कि किसी को गुस्सा दिलाना कौन सी बड़ी बात है, इसीलिए मैंने सोचा कि आपके घर आकर उल्टी-सीधी हरकतें करके आपको गुस्सा दिलाऊँगा और उन लोगों से पैसे लेकर वापिस अपने गाँव लौट जाऊँगा लेकिन आपको गुस्सा आया ही नहीं।' यह सुनकर एकनाथ महाराज ने कहा कि 'अगर ऐसी ही बात थी तो पहले बताना चाहिए था, मैं गुस्सा हो जाता।'

एकनाथ महाराज ऐसा इसीलिए कह पाए क्योंकि जो मुक्त है, उसका गुस्सा भी मुक्त होता है। उसे गुस्से को लाना हो, दिखाना हो या जो भी करना हो, वह अपनी आंतरिक खुशी को बरकरार रखते हुए कर सकता है। **जो स्वयं मुक्त है, उसके लिए यह सब मुक्त अवस्था से होता है। जो भी लाना है, जो भी भेजना है, जैसी भी जरूरत है, सब मुक्त अवस्था में है।** जैसे महाभारत के युद्ध में कृष्ण ने जरूरत के अनुसार योगदान दिया। उन्होंने देखा कि 'अर्जुन युद्ध के लिए तैयार नहीं है, वह अपने ही परिवार के लोगों पर बाण चलाने के लिए तैयार नहीं है।' इसलिए वे समझ गए कि यहाँ जरूरत इस बात की है कि वे अर्जुन को समझाएँ। तब उन्होंने अर्जुन को गीता का ज्ञान दिया।

एकनाथ ने भी ऐसा ही किया। उन्होंने उस ब्राह्मण की बात सुनने के बाद खुद ही उसकी मदद की और उसे उतना धन दिया, जितने की उसे जरूरत थी। इस तरह की कहानियों से आपको पता चलता है कि सांसारिक जीवन में भी इंसान आनंद, प्रेम, भक्ति और मौन के साथ जी सकता है। ऐसा करना संभव है। लेकिन इंसान कहता है कि 'मुझ पर बहुत सी जिम्मेदारियाँ हैं... मेरे लिए ऐसा जीवन जीना संभव नहीं है... यह तो सिर्फ उनके लिए संभव है, जो संन्यासी हैं, जो पहाड़ों पर जाकर रहते हैं...।' जबकि वास्तव में अगर पहाड़ों पर जाकर भी संन्यासी का मौन बंद है तो उसकी हालत सांसारिक लोगों से भी बदतर है। यदि अंदर से मौन बंद है तो इसका अर्थ है कि उसका अहंकार (स्वयं को अलग 'मैं' समझनेवाला) बोल रहा है और अगर अहंकार बोल रहा है तो वह चाहे पहाड़ों पर रहे या कहीं और, वह बस शिकायत ही करेगा।

14
एकनाथ द्वारा पितर पक्ष की पूजा

पितृ पक्ष के दिनों में लोग अपने पितरों के लिए, पूर्वजों के लिए पूजाएँ करते हैं। इसमें कर्मकाण्ड के रूप में ब्राह्मणों और पंडितों को खाना खिलाया जाता है। इन्हीं दिनों एकनाथ महाराज ने भी अपने स्वर्गवासी पिता के लिए पितृ पक्ष की पूजा रखी और कुछ पंडितों को खाने पर बुलाया। गिरिजाबाई ने सारा खाना बनाया था। तभी उनके घर के बाहर से निम्न जाति के कुछ लोग गुज़रे, उन्हें एकनाथ के घर से खाने की सुगंध आई। वे लोग आपस में ही बात कर रहे थे कि 'कितनी बढ़िया सुगंध आ रही है। काश! हमें भी ऐसा खाना खाने का मौका मिलता।'

उनकी यह बात एकनाथ महाराज ने सुन ली और उन सभी निम्न जाति के लोगों को अपने घर पर खाने के लिए आमंत्रित किया। उन्होंने पत्नी से कहा कि 'ब्राह्मण और पंडितों के आने से पहले हम इन लोगों को खाना खिलाएँगे।' यह सुनकर पत्नी ने कहा कि 'बिलकुल खिलाएँगे

और इन्हें ही क्यों, इनके घर में इनकी पत्नी और बच्चे हैं, उन्हें भी खिलाना चाहिए ताकि सब संतुष्ट हो जाएँ।' पत्नी की यह बात सुनकर एकनाथ महाराज ने उन लोगों से कहा कि 'अपने परिवार के लोगों को भी बुला लें।' आखिर में हर कोई वहाँ पहुँचा, सबने पेट भर के खाना खाया और फिर वे सब वहाँ से चले गए।

इसके बाद एकनाथ ने अपनी पत्नी से कहा कि 'अब सारे बर्तन धोकर फिर से ताजा खाना बनाओ।' उनकी पत्नी फिर से खाना बनाने में लग गईं। थोड़ी देर बाद वे पंडित वगैरह आए, जिन्हें पहले ही बुलावा भेज दिया गया था। उन्हें मालूम पड़ा कि हमसे पहले यहाँ से निम्न जाति के लोग परिवार सहित खाना खाकर गए हैं। इसलिए उन्होंने कहा कि 'हम आपके घर का खाना नहीं खाएँगे।' यह सुनकर एकनाथ महाराज ने उन्हें समझाया कि 'मेरी पत्नी ने नए सिरे से आपके लिए खाना बनवाया है ताकि जिस खाने की सुगंध भी आपके लिए दूषित हो चुकी है, वह आपको खाना न पड़े।' लेकिन इसके बावजूद वे पंडित नहीं माने और बोले कि 'निम्न जाति के लोगों को खाना खिलाने से आपकी पितृ पक्ष की पूजा दूषित हो चुकी है इसलिए अब हम जा रहे हैं।' ऐसा कहकर वे वहाँ से चले गए। इसके बावजूद एकनाथ महाराज ने सारे कर्मकाण्ड, पूजा वगैरह करवाए।

एकनाथ के मामले में उपस्थित लोगों ने यही महसूस किया कि उनकी पितृपक्ष की पूजा सफल रही। लोगों को उस पूजा के बाद एहसास हुआ कि मानो एकनाथ के परपिता, परमाता, पितामह, माता-पिता सब वहीं उपस्थित हो गए हों। यह पूजा उस दौर के लोगों के लिए एक उदाहरण बन गई और इससे उन्हें समझ में आया कि ईश्वर तक अपनी प्रार्थना बिना एजेंट के यानी बिना किसी मध्यस्थ के भी पहुँचाई जा सकती है।

यहाँ समझने योग्य बात यह है कि जब आप कर्म बंधन की लकीरों को मिटाने के लिए क्षमा साधना करते हैं तो आपकी भावना कुछ अलग

ही होती है। इसी तरह अगर आपको सामनेवाले ने किसी गलती के लिए माफ किया हो तो भी भावना कुछ अलग ही होती है। एकनाथ के घर आए हुए लोगों को भी वैसी ही अलग भावना महसूस हुई। पंडितों के न होने के बाद भी वह पूजा सफल हुई।

इस तरह लोगों के लिए यह एक उदाहरण बन गया कि बिना एजेंट के भी पूजाएँ हो सकती हैं। वरना लोग धर्मस्थानों और तीर्थों पर जाते हैं और ईश्वर के एजेंट यानी कर्मकाण्ड करानेवाला कोई इंसान ढूँढ़ते हैं, जो उन्हें बताता है कि 'पाँच सौ रूपए से लेकर पाँच हजार तक की पूजा हो सकती है, आपको कौन सी करानी है?' इस तरह वे दरअसल लोगों को ब्लैकमेल कर रहे होते हैं ताकि अगर लोगों का पूजा के पीछे कोई विशेष प्रयोजन है तो वे महँगी पूजा कराएँ। ऐसे एजेंट यह सलाह भी देते हैं कि बड़ीवाली यानी मँहगीवाली पूजा कराएँगे तो आपकी बात पितरों तथा ईश्वर तक जरूर पहुँचेगी। जबकि वास्तव में पितरों को खाने-पीने की कोई आवश्यकता नहीं होती।

जैसे जब कोई आपको एक उपहार देता है तो यह महत्त्व नहीं रखता कि वह उपहार कितना महँगा है बल्कि महत्त्व इस बात का होता है कि वह उस उपहार को लाने के लिए बाजार गया और आपका मनपसंद उपहार ढूँढ़ने की कोशिश की। इस कोशिश में जो प्रेम का भाव होता है, वही सबसे महत्वपूर्ण होता है। पितरों को खाना खिलाने के मामले में भी ऐसा ही होता है। उनके लिए आप कितना प्रयास कर रहे हैं, वह महत्वपूर्ण है, न कि खाना। खाने में प्रेम नहीं होता। आप किसी को प्रेम से याद करते हैं, शब्दों में बोलते हैं, क्षमा माँगते हैं तो आपकी ये सारी कोशिशें उन्हें पसंद आती हैं, न कि खाना।

कुछ लोग ऐसे होते हैं कि अगर उन्हें कोई अपने हाथ से ग्रींटिंग कार्ड बनाकर दे तो उन्हें बहुत अच्छा लगता है क्योंकि इसके पीछे उस इंसान का प्रयास छिपा होता है। अगर कोई उन्हें बाजार से लाकर बना-बनाया ग्रींटिंग दे तो वह उन्हें उतना पसंद नहीं आता क्योंकि उसके

पीछे कोई विशेष प्रयास नहीं होता। इसलिए महत्त्व प्रयास का है। आपने उस पर जो समय दिया, वह महत्वपूर्ण है। जब आप बैठते हैं, समय देते हैं, क्षमा द्वारा कर्म की लकीरें मिटाते हैं और अपनी ओर से प्रयास करते हैं तो पितृ पक्ष भी सफल हो जाता है।

ऐसे उदाहारणों को पढ़कर आपको संत एकनाथ के जीवन के अलग-अलग पहलू समझ में आ रहे होंगे।

15

चोर का हृदय परिवर्तन

एक बार संत एकनाथ के घर में रात के समय कुछ चोर घुस आए। उस समय तक उनके घर में कीर्तन सुनने आए हुए ज़्यादातर लोग जा चुके थे। लेकिन कुछ लोग ऐसे भी थे जो किसी दूर के गाँव से आए थे इसलिए वे रात में एकनाथ के घर पर ही रुके हुए थे। देर रात का समय था और सब लोग गहरी नींद में सो रहे थे। मौका पाकर चोर एकनाथ के घर में घुस गए और वहाँ उन्हें जो सामान मिला, वे एक-एक करके इकट्ठा करने लगे। तभी एकनाथ महाराज बिस्तर से उठे और कमरे में रखी ईश्वर की मूर्ति के सामने आकर ध्यान के आसन में आँखें बंद करके बैठ गए। जब चोर सामान वगैरह उठाकर घर से निकलते समय उस कमरे से गुजर रहे थे तभी उन्होंने एकनाथ को मूर्ति के सामने बैठे देखा और वे घबरा गए। क्योंकि जब वे घर में घुसे थे तो उस समय वहाँ कोई नहीं बैठा था। चोर चुपचाप वहाँ से निकलने की कोशिश में थे कि अचानक एकनाथ महाराज ने अपनी आँखें खोल दीं।

यह देखकर चोर खुद को सँभाल नहीं पाए और घबराहट में उनका

संतुलन बिगड़ गया, जिससे उनके हाथ में जो चोरी के बर्तन वगैरह थे, वे जमीन पर गिर गए। एकनाथ महाराज ने यह देखा तो वे उठकर उन चोरों के पास आ गए। उन्होंने चोरों से पूछा कि 'आप लोग कौन हैं और आपको क्या कष्ट है, जो आप लोग यहाँ आए हैं?' चोरों ने जवाब दिया कि 'हम यहाँ चोरी करने आए थे और ये बर्तन चुराकर ले जा रहे थे।' यह सुनकर एकनाथ महाराज ने कहा कि 'आप ये बर्तन लेकर जा सकते हैं और कुछ अन्य सामान भी है, अगर आप चाहें तो उसे भी लेकर जा सकते हैं। लेकिन आप लोग फिलहाल जो भी चीज़ें लेकर जा रहे हैं, उनमें से कुछ चीज़ें उन लोगों की हैं, जो दूसरे गाँव से यहाँ कीर्तन के लिए आए थे और देर हो जाने के कारण यहीं रुक गए। कृपया आप उनकी चीज़ें छोड़ दें और बाकी जो ले जाना है, ले जाएँ।'

जब एक इंसान पहले दिन सत्संग में जाता है और उसकी चप्पल चोरी हो जाती है तो वह सोचता है कि 'अब तो मैं कभी सत्संग में जाऊँगा ही नहीं।' एकनाथ महाराज भी नहीं चाहते थे कि जो लोग कीर्तन करने आए हैं, वे किसी चोरी के शिकार हों, इसीलिए उन्होंने चोरों से उन लोगों की चीज़ें छोड़ने के लिए कहा। यह बात कहने के बाद उन्होंने चोरों को अपनी अँगूठी निकालकर दे दी और कहा कि 'आप जो सामान यहाँ छोड़कर जा रहे हैं, उसके बदले यह अँगूठी ले जाएँ।' एकनाथ महाराज का यह तेज और विश्वास देखकर उन चोरों का हृदय परिवर्तन हो गया।

संत एकनाथ के जीवन की ऐसी कई कहानियाँ हैं। महत्वपूर्ण यह है कि आप इन कहानियों के पीछे का अर्थ समझें। कहानियों की खास बात यह होती है कि एक ही कहानी को हर कोई अलग-अलग तरीके से प्रस्तुत करता है। जैसे कुछ कहानीकार कहानी को चमत्कारिक तरीके से प्रस्तुत करते हैं, ऐसे लोगों की कोई कमी नहीं है।

दरअसल कहानी के द्वारा वास्तव में उसके पात्रों की अवस्था को बयाँ किया जाता है कि उनकी चेतना कैसी है, जिसकी वजह से वे ऐसे निर्णय ले सके। उनकी भक्ति कैसी है कि वे आधी रात को आकर ध्यान में बैठ गए। महत्वपूर्ण यह है कि उनकी इस चेतना या भक्ति से क्या

निकलने वाला है? जैसे जब आप रोज ध्यान में बैठते हैं तो महत्त्व इस बात का है कि उससे क्या निकलता है। अगर आपकी चेतना बरकरार है, ऊपर है तो आपके निर्णय सही साबित होते हैं। इसीलिए कहा जा रहा है कि जब ईश्वर आपके लिए निर्णय लेता है तो आपको इस बात की चिंता करने की जरूरत नहीं होती कि आगे क्या होगा। ईश्वर जो भी करता है, वह हमेशा सही होता है क्योंकि वह जो भी करता है, वास्तव में वही करना जरूरी होता है। व्यक्ति (स्वयं को अलग 'मैं' माननेवाला अहंकार) तो कुछ करता ही नहीं है और गलत-सही की बात सिर्फ तभी आती है, जब व्यक्ति कोई काम कर रहा हो। इसीलिए जब ईश्वर कार्य कर रहा होता है तो वह हमेशा गलत-सही के पार ही होता है।

संत एकनाथ ने अपने प्रेमपूर्ण व्यवहार से उन चोरों का भी उद्धार कर दिया। **जिस प्रकार पानी में चट्टान को तोड़ने की ताकत होती है, उसी प्रकार संतों के व्यवहार में दुर्जनता को जीतने का सामर्थ्य होता है।** इस बात के उदाहरण कई संतों के चरित्र में मिलते हैं। दुर्जन का दुर्जनत्व दुर्जनों की संग-सोहबत से ही बढ़ता है। लेकिन संत सोहबत से वही दुर्जन, सज्जन भी बन सकता है। जैसे एकनाथ महाराज की उदारता के कारण वे चोर चोरी करना छोड़, सदाचारपूर्ण जीवन जीने लगे और एकनाथ महाराज के भक्त बन गए।

16

शिष्यता की कसौटी

एक बार एकनाथ महाराज के पास शिष्यता प्राप्ति की अभिलाषा लिए एक इंसान आया। उस इंसान ने एकनाथजी से मंत्र व ज्ञान पाने हेतु अनुरोध किया। केवल अनुरोध और आँसू देखकर गुरु शिष्य की पात्रता नहीं परखते। गुरु जानते हैं कि असल प्यासे की भाँति अभिनय तो कोई भी इंसान कर सकता है बल्कि ज्यादा अच्छे ढंग से कर सकता है। लेकिन गुरु अभिनय से भ्रमित न होकर शिष्य की असली परख करते हैं। शिष्यता की खरी कसौटी क्या है, यह गुरु भली-भाँति जानते हैं। जिस प्रकार उलटे घड़े पर डाला गया पानी व्यर्थ बह जाता है, उसी प्रकार अपात्र और अकड़े हुए मन को दिया गया ज्ञान व्यर्थ चला जाता है।

इसी तथ्य के आधार पर एकनाथजी ने भी उस इंसान की परीक्षा लेने की ठान ली। जो इंसान ज्ञान-प्राप्ति के लिए एकनाथजी के पास आया था, वह उन्हीं का पड़ोसी था, जो दूसरों के सामने अकसर एकनाथजी का उपहास किया करता था। जब बहुत से लोग एकनाथजी की शरण

में आने लगे तो सबकी देखा-देखी सिर्फ जिज्ञासावश वह पड़ोसी भी एकनाथजी के पास पहुँच गया। एकनाथजी ने सारी परिस्थितियाँ भाँपकर उससे कहा, 'आज का दिन शुभ नहीं है। आगे कोई अच्छा दिन देखकर तुम्हें सूचित करेंगे और ज्ञान देंगे।' पड़ोसी कुछ न समझते हुए लौट गया और एक वर्ष बाद वह फिर लौट आया। यदि अब उसे सचमुच ज्ञान पाने की प्यास होती तो वह इस एक वर्ष में हज़ारों बार एकनाथजी के पास आया होता। मगर नहीं, वह तो सिर्फ मज़ाक उड़ाने और लोगों की शह पर आया था। अब एकनाथजी ने उसकी अपात्रता को देखकर कहा कि 'कल सुबह आठ बजे आ जाओ, तुम्हें ज्ञान दे दूँगा।'

दूसरे दिन सुबह एकनाथजी ने घर के सदस्यों से पूजा की सामग्री तैयार रखने को कहा और निर्देश दिया कि उस सामग्री में जल न रखा जाए। सुबह बताए गए समय पर पड़ोसी एकनाथजी के घर आ धमका और पूजा की सामग्री के सामने पालथी मारकर बैठ गया। एकनाथजी भी आकर उसके सामने बैठ गए। सारी तैयारी देखकर एकनाथजी ने कहा, 'न जाने आज इन लोगों को क्या हो गया है, सब कुछ ठीक-ठाक रखा है लेकिन कलश में जल नहीं रखा।'

ऐसा कहकर वे कलश लेकर अंदर-बाहर चहल-कदमी करने लगे। उन्हें इस तरह विचलित देखकर, पड़ोसी ने उनसे पूछा, 'मुझे मंत्र कब देंगे, उपदेश कब देंगे, जल्द कुछ करें ताकि मैं अपने खेत पर जा सकूँ।' तब एकनाथजी ने उसके सामने भेद खोला और उससे साफ शब्दों में कहा, 'तुम्हें एक वर्ष से भी ज्यादा समय हो गया है, "उपदेश दो, मंत्र दो" कहकर यहाँ आते हुए। देख नहीं रहे पूजा के लिए पानी चाहिए और मैं कलश लेकर कब से अंदर-बाहर घूम रहा हूँ। क्या यह देखने पर भी तुम कह नहीं सकते कि लाइए मैं पानी लेकर आता हूँ। उलटा खेत पर जल्दी पहुँचने की बात करते हो। प्यास न होने पर आलस के कारण पचास कदम दूर से मुफ्त का पानी भी नहीं ला पा रहे हो तो उपदेश पाकर तुम कौन सा कार्य संपन्न कर पाओगे? किस तरह का लोक-कल्याण कर पाओगे? ज्ञान के लिए जो सेवा- काया, वाचा, मन, धन द्वारा होती

है, वह तुम्हारे लिए असंभव है। अब भी तुममें उपदेश लेने की तैयारी दिखाई नहीं देती। इसलिए इस वक्त तो तुम यहाँ से जा सकते हो, आगे देखेंगे।' ऐसा कहकर एकनाथजी ने उसे वापस लौटा दिया।

इस कहानी से सेवा का महत्त्व स्पष्ट किया गया। गुरु, जब शिष्य को कोई सेवा का कार्य सौंपते हैं तो कभी किसी के मन में यह शंका उठ सकती है कि 'इस तरह की सेवा हमें क्यों दी गई?' दरअसल, गुरु का तो हर कार्य लोक-कल्याण के लिए होता है। **गुरु सेवा के माध्यम से यह जाँचना चाहते हैं कि शिष्य सिर्फ प्यास का अभिनय कर रहा है या सचमुच ज्ञान-पिपासु है।** गुरु द्वारा जब एक शिष्य को पुस्तक लिखने का कार्य दिया गया तो वह यह कहकर टालता रहा कि 'लिखने का भाव नहीं आ रहा है।' सेवा के कार्य देने से ऐसे शिष्य जल्दी सामने आ जाते हैं कि वे खरे हैं या खोटे।

17
महान ग्रंथों की रचना

एक दिन एकनाथ महाराज का एक शिष्य काशी जा रहा था। उसने एकनाथ महाराज से विनती की कि 'आपने एकनाथी भागवत जितनी भी लिख ली है, वह मैं अपने साथ काशी लेकर जाना चाहता हूँ।' उस समय तक एकनाथी भागवत के केवल दो ही अध्याय लिखे गए थे। चूँकि उस समय प्रिंटर या फोटोकॉपी मशीन जैसी चीज़ें नहीं होती थीं इसलिए जिस कागज़ पर एकनाथ ने हाथ से वे अध्याय लिखे थे, वे कागज़ उन्होंने उस शिष्य को सौंप दिए। उसे लेकर शिष्य काशी पहुँचा। वहाँ एक दिन सुबह-सुबह वह गंगा किनारे पूजा करते हुए उन अध्यायों को पढ़ रहा था।

उसी समय वहाँ से एक संन्यासी गुजरा। उसने उस शिष्य से पूछा कि 'यह क्या पढ़ रहे हो?' शिष्य ने बड़ी श्रद्धा से बताया कि 'यह एकनाथी भागवत है, जिसे मेरे गुरु एकनाथ महाराज ने लिखा है।' यह सुनकर उस संन्यासी ने गुस्से में आकर कहा कि 'इसे मराठी में लिखने की अनुमति कहाँ से मिली क्योंकि इसमें जो बातें लिखी हैं, वे तो सिर्फ देववाणी संस्कृत में ही लिखी जा सकती हैं।' उस संन्यासी की बात पर शिष्य

के पास कोई जवाब नहीं था। वह संन्यासी गुस्से में वहाँ से चला गया। दरअसल वे अध्याय मराठी भाषा में लिखे गए थे इसलिए उस समय के निंदकों को यह कहने का मौका मिल गया था कि यह देववाणी संस्कृत का अपमान है।

उस संन्यासी ने यह पूरी घटना काशी विश्वनाथ मंदिर के प्रमुख को बताई। उन्हें भी यह सुनकर बड़ा गुस्सा आया और उन्होंने एकनाथ के उस शिष्य को बुलाकर कहा कि 'जाओ, अपने गुरु एकनाथ महाराज को यहाँ काशी में लेकर आओ।' उन्होंने शिष्य के साथ अपने कुछ आदमी भी भेजे। एकनाथ महाराज को यह संदेश मिला कि 'काशी विश्वनाथ के प्रमुख के आदेशानुसार आपको जल्द ही काशी आना है।' वे तुरंत चलने के लिए तैयार हो गए।

एकनाथ काशी पहुँचे और सीधे काशी विश्वनाथ मंदिर के प्रमुख से मिलने निकल पड़े। वे प्रमुख पंडित ऐसे थे, जो सबसे सीधे नहीं मिलते थे। दरअसल वे जिससे भी मिलते, उसके और अपने बीच में एक पर्दा रखते थे और अगर कोई निम्न कार्य करनेवाला हो तो उससे वे बात ही नहीं करते थे। एकनाथ जब मिलने गए तो उन्हें पर्दे के दूसरी ओर बिठाया गया। तब एकनाथ महाराज ने पूरी विनम्रता से अपनी बात कही और स्वयं कोई श्रेय लिए बिना कहा कि 'मैं तो इस लायक ही नहीं हूँ कि ऐसा ग्रंथ लिख सकूँ। यह संभव ही नहीं है कि कोई मुझे पंडित या ज्ञानी समझे। यह तो मेरे गुरु जनार्दन स्वामी की आज्ञा का प्रताप है और आप लोगों की कृपा है, जो मैं यह लिख पाया। आप इसे पढ़ें और अगर आपको लगे कि यह ठीक ढंग से नहीं लिखा गया है तो इसे गंगा में फेंक दें।'

एकनाथ महाराज की नम्रतापूर्ण बात सुनकर प्रमुख पंडित का गुस्सा ठंडा हो गया और उन्होंने वह पर्दा हटवाकर एकनाथ से सीधे बातचीत की। उन्हें यह महसूस हुआ कि एकनाथ की बातों में सच्चाई है। महान ग्रंथों की शिक्षाओं का यह अनुवाद किसी व्यक्ति ने नहीं किया है बल्कि यह तो अंदर से आया है।

एकनाथ की बात सुनने के बाद प्रमुख पंडित ने एकनाथ से कहा कि 'अब तुम कुछ दिन यहीं रुककर इस ग्रंथ को पूरा करो।' हालाँकि यह कहने से पहले पंडित ने दस विद्वानों को बुलाकर वे दो अध्याय दिखाए। वे विद्वान चार दिन तक उन दो अध्यायों का अध्ययन करते रहे, सब कुछ गौर करते रहे और आखिरकार उन्होंने भी माना कि इसमें कुछ गलत नहीं लिखा हुआ है। उनकी यह बात सुनकर पंडित पूरी तरह निश्चिंत हो गए और उसके बाद उन्होंने एकनाथ को काशी में ही रुकने के लिए कहा। फिर एकनाथ कुछ सालों तक काशी में ही रुके और उन्होंने वहीं रहकर इस ग्रंथ को पूरा किया।

इस तरह आपने देखा कि कुदरत कैसे एक स्थिति को तैयार करती है। इंसान अक्सर इस तरह के विचारों में उलझा रहता है कि 'मुझे यह काम पूरा करना है... वह काम पूरा करना है... कैसे करूँगा...' वगैरह। जबकि वास्तविता यह है कि करनेवाला तो व्यक्ति है ही नहीं। एकनाथ को भी अठारह हज़ार से ज़्यादा ओवियाँ मराठी भाषा में खुद अपने हाथों से लिखनी थीं। ज़रा सोचिए कि ऐसी स्थिति में इंसान को कितना तनाव आ जाएगा। लेकिन एकनाथ को कोई तनाव नहीं आया क्योंकि वे तो जानते थे कि यह सब वे नहीं कर रहे हैं बल्कि उनसे हो रहा है।

इसके बाद भी उन्होंने कई ग्रंथ लिखे, जैसे रुक्मिणी स्वयंवर। इस ग्रंथ में उन्होंने रुक्मिणी की भावदशा से भक्ति को बयाँ किया है कि भक्ति क्या होती है और भक्ति में कैसी भावना तैयार होती है। कुछ बातें ऐसी होती हैं, जो अगर कहानी के रूप में लोगों के सामने आएँ तो लोग ज़्यादा समझ पाते हैं। जब भक्ति को किसी किरदार के माध्यम से लोगों के सामने रखा जाता है तो लोग उसे बेहतर ढंग से समझ पाते हैं। इसीलिए आप भी भक्ति को मीरा के माध्यम से बेहतर समझ पाते हैं।

संत एकनाथ का अनुभव ऐसा था कि ज्ञान शब्दों के पहले ही चलने लगता था। वे शब्द बाद में लिखते थे, ज्ञान पहले ही उनके भीतर से प्रदर्शित होने लगता था। इसी तरह छंद के पहले ही उसका अर्थ दौड़ने लगा, अर्थात छंद बाद में आता था, अर्थ पहले सामने आ जाता था।

हालाँकि उन्होंने कभी स्वयं इसका श्रेय नहीं लिया।

उन्होंने एकनाथी भागवत लिखने का कार्य शुरू किया। जिसमें वे 'भगवत गीता' और 'भागवत' दोनों ग्रंथों की शिक्षाओं का अनुवाद करते हुए अपनी बात कह रहे थे। संत ज्ञानेश्वर और एकनाथ महाराज की वजह से वारकरी समाज को कई ऐसे ग्रंथ मिले, जिन्होंने लोगों को सही रास्ता दिखाया। इसके अलावा एकनाथ की वजह से ही 'भावार्थ रामायण' भी सामने आई और लोगों को 'रामकृष्ण हरि' का प्रकट मंत्र मिला। प्रकट मंत्र का अर्थ होता है, ऐसा मंत्र जिसे हर कोई बोल सकता है। दरअसल उस काल में ऐसी कई कोशिशें हुईं, जिनसे लोगों को आगे चलकर बहुत लाभ हुआ।

एकनाथ ने जिन भी ग्रंथों की रचना की, उन्होंने उनके बारे में यही कहा कि 'यह सब मेरे गुरु के प्रताप से हो रहा है, उन्हीं के कारण मेरे हाथ चल रहे हैं।' अनुवाद का कार्य करते हुए भी एकनाथ ने उसकी मौलिकता को बनाए रखा। दरअसल जब आप उस चीज़ को बयाँ कर रहे होते हैं, जिसे अपने अंदर अनुभव करते हैं तो उसमें कुछ विशेषता आ ही जाती है।

जैसे संत ज्ञानेश्वर ने ज्ञानेश्वरी लिखी। ज़्यादातर लोगों को यह पता भी नहीं है कि वास्तव में ज्ञानेश्वरी कुछ और नहीं बल्कि गीता का मराठी में अनुवाद है। हालाँकि गीता को कई लोगों ने अपने-अपने ढंग से लिखा है लेकिन उसमें संत ज्ञानेश्वर की जो मौलिकता है और निवृत्तिनाथ का जो सामर्थ्य है, वह विशेष है और ज्ञानेश्वरी में उसकी झलक मिलती है। इसीलिए 'ज्ञानेश्वरी' को संत ज्ञानेश्वर के अलावा और कोई नहीं लिख सकता था। जब आप 'ज्ञानेश्वरी' या 'एकनाथी भागवत' जैसे ग्रंथ पढ़ेंगे तो आपको उनमें संत ज्ञानेश्वर और एकनाथ महाराज के मौलिकता की झलक दिखाई देगी। वरना इन ग्रंथों में अलग-अलग लोगों की कहानियाँ हैं, जैसे कृष्ण की कहानी, उद्धव की कहानी वगैरह, जिसमें यह बताया गया है कि उनके बीच क्या-क्या संवाद हुआ। हालाँकि इसमें भी एकनाथ ने अपनी मौलिकता और अनुभव बरकरार रखा है। इसके बाद ऐसे भी

कई ग्रंथ बने, जिसमें सीधे-सीधे भी बात की गई है। जैसे संत ज्ञानेश्वर ने 'अमृतानुभव' नामक ग्रंथ लिखा, जिसमें सीधे अनुभव की ही बात की गई है।

अलग-अलग समय पर अनेकों संतों के द्वारा ऐसे कार्य किए गए हैं, जो आगे आनेवाले संकट काल में भी लोगों को मदद करेंगे और आज भी कर रहे हैं। ये ऐसे कार्य थे, जिन्हें करना बहुत कठिन था लेकिन फिर भी संतों ने वे कार्य किए। उन्हें देखकर आज के लोग यही सोच सकते हैं कि भला ये कार्य कैसे हुए होंगे। संत ज्ञानेश्वर और एकनाथ महाराज दोनों ने महान ग्रंथों की रचना की क्योंकि उनके जीवन में गुरु की आज्ञा ही सर्वोपरि थी। गुरु आज्ञा में इतना सामर्थ्य है कि कठिन से कठिन कार्य भी शिष्य के द्वारा आसानी से पूरे होते हैं। आप भी अपने जीवन में गुरु आज्ञा को उतना महत्त्व दें, जितना एकनाथ महाराज और संत ज्ञानेश्वर ने दिया था।

एकनाथी भागवत लिखते हुए संत एकनाथ महाराज
(काल्पनिक चित्र)

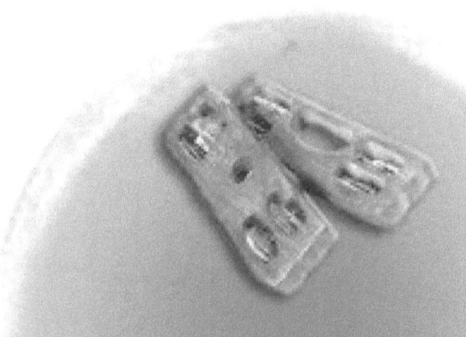

खण्ड 4
संत एकनाथ का नज़रिया

18
निंदकों को कैसे देखा जाए

संत एकनाथ के काल में पंडित-पुरोहित बड़े सक्रिय थे... उस समय जात-पात का भेद था... अछूतों और निम्न जाति के लोगों के साथ भेदभाव होता था... ऊँची जाति के लोगों को श्रेष्ठ माना जाता था... और कर्मकाण्ड करना सबसे आवश्यक होता था...। यह ऐसा युग था, जहाँ लोग पाखंड का साथ दे रहे थे क्योंकि लोगों की आजीविका उसके साथ जुड़ी होती है। इंसान की निम्न चेतना के साथ ऐसा हो ही जाता है। जब किसी कर्मकाण्ड, पेशे या धार्मिक सेवा के साथ पैसा जुड़ जाता है तो लोग उसमें लालचवश, पाखंड जोड़ देते हैं, फिर वे साधारण लोगों को सच्चाई बताना नहीं चाहते। ऐसे पाखंडी लोग चाहते हैं कि सारे लोग उनके बताए गए कर्मकाण्ड करते रहें और उनका पेट भरता रहे। इससे समझ में आता है कि इंसान अपने पेट के साथ कितना बँधा हुआ है। हालाँकि ऐसे लोग कोई नया पेशा भी अपना सकते हैं लेकिन चूँकि उन्हें उस पेशे या आजीविका की आदत हो गई है इसलिए सत्य जानकर भी वे वह पुराना पेशा नहीं छोड़ पाते।

ऐसे पाखंडी लोगों में कोई तांत्रिक, कोई मांत्रिक, कोई ज्योतिषी तो कोई ओझा होता है। चूँकि लोगों को राहत चाहिए होती है इसलिए जो कोई उन्हें राहत देता है, उसे वे पैसे देते हैं और इस तरह कुछ सच्चे लोगों को छोड़ कर, अनेक लालची लोगों का आजीविका लक्ष्य फलता-फूलता रहता है। फिर जब कोई संत-महात्मा लोगों को सत्य बताता है तो पाखंड करनेवालों को बुरा लगता है और वे उसके निंदक बन जाते हैं। यही कारण है कि संत एकनाथ के कई निंदक बन गए थे। ऐसा इसलिए होता है क्योंकि पाखंड करनेवालों की जीविका पर सीधा प्रहार हो रहा होता है। दरअसल कोई सच्चा ज्ञानी किसी को जानबूझकर कष्ट नहीं देता और न ही जानबूझकर किसी की आजीविका बंद कराना चाहता है। लेकिन लोगों की अपनी-अपनी प्रार्थनाएँ, अपने-अपने कर्म होते हैं और इसी के अनुसार उन्हें अपने जीवन में परिणाम दिखाई देते हैं। लेकिन इसका दोष तो संतों पर ही लगाया जाता है।

वास्तव में कोई भी संत किसी की आजीविका बंद करने के लिए सत्य नहीं कहता। वे लोगों को सत्य बताते हैं क्योंकि उन्हें पता है कि जिन कर्मकाण्डों में लोग उलझे हुए हैं, उनसे हरि दर्शन नहीं होंगे, विट्ठल प्रसन्न नहीं होगा और ना ही ईश्वर स्वयं लोगों की सेवा करेगा। इसलिए संतों द्वारा लोगों को यह संदेश दिया जाता है कि ऐसी किसी भी गलत कल्पना या धारणा में ना उलझें। कुछ संतों की कहानियों में आपने सुना होगा कि 'स्वयं ईश्वर उनकी खोज करते हुए आए।' क्योंकि ऐसे भक्त ईश्वर के प्रिय होते हैं, जो उसकी इच्छा अनुसार ही जीवन जीते हैं। जो केवल राहत पाने के लिए ईश्वर का नाम सिमरन करते हैं, उनसे ईश्वर प्रसन्न नहीं होता।

राहत पाने के लिए लोग कई सारे कर्मकाण्डों में उलझ जाते हैं। हर युग में जब कर्मकाण्ड अपनी चरम सीमा पर आते हैं तब कोई न कोई सत्य बतानेवाला जन्म लेता है।

कुछ लोग जब स्वयं कीर्तन में जाकर अपने अंदर सच्चाई का अनुभव करते हैं, अपनी भावनाओं को देखते हैं तो उन्हें यह महसूस

होता है कि 'कहीं न कहीं सच्चाई इसी में है और हमें भी सच्चे ईश्वर का नाम सिमरन करना चाहिए।' हर घंटे, कम से कम साँस के साथ सत्य का स्मरण हो, यह हर इंसान का छोटा लक्ष्य ज़रूर होना चाहिए ताकि पृथ्वी लक्ष्य जीते जी पाने की उम्मीद की जा सके। अगर यह संभव नहीं है तो जब आपके पास खाली समय हो तब तो ईश्वर का स्मरण होना ही चाहिए या फिर एक घंटे का ध्यान होना चाहिए। इस तरह संतों द्वारा स्मरण और ध्यान का मार्ग दिया गया है।

उस कालखंड में वारकरी संप्रदाय के द्वारा अलग-अलग शब्दावली में, अलग-अलग भाषाओं में सत्य बताया गया है लेकिन इस यात्रा के पीछे उनका उद्देश्य यही था कि 'यह उच्चतम ज्ञान लोगों तक पहुँचे और लोग अपना अमूल्य समय ईश्वर को याद करने में लगाएँ।' यदि कोई उच्चतम ज्ञान को प्रदर्शन करके दिखा रहा हो तो लोगों के लिए उसे समझना आसान हो जाता है। लोगों ने जब संत एकनाथ को कीर्तनों में भागवत पढ़ते हुए देखा तो उन्हें भी उनके कीर्तन में शामिल होने की इच्छा हुई। संत एकनाथ ने मराठी भाषा में धार्मिक ग्रंथों का अनुवाद बिना उसका अर्थ खोए किया। यह अनुवाद सिर्फ अनुवाद नहीं था बल्कि उनके शरीर पर जो कार्य हुआ था, वह छाप उस अनुवाद में भी झलकती है।

संत एकनाथ महाराज के जीवन में भक्ति और सेवा ये दो बातें उभरकर आती हैं। लेकिन इसके अतिरिक्त जो मुख्य बात सामने आती है, वह है कि आपकी निंदा करनेवाले लोगों को आप कैसे देखते हैं। अगर आप यह कला सीख गए कि ऐसे लोगों को कैसे देखना है तो आपका जीवन भी बदल जाएगा।

एकनाथ महाराज की सहनशक्ति, क्षमाशीलता और समता अलौकिक कोटि की थी, इन गुणों के कारण निंदक और अत्याचारी उन्हें नुकसान न पहुँचा सके। उन्होंने कभी भी निंदा करनेवालों की निंदा नहीं की बल्कि उनका ध्यान हमेशा निंदकों को क्षमा करने पर ही होता था। निंदकों के बारे में एकनाथ महाराज ने बड़ा ही सुंदर वाक्य कहा है, 'निंदक बड़े काम का होता है, आत्माराम का वह सखा ही है...

निंदक हमारी काशी है, हमारे सब पापों का विनाशी है... निंदक हमारी गंगा है, हमारे सब पापों को भंग करनेवाला है... निंदक हमारा सखा है, हमारे कपड़ों को बिना कुछ लिए ही धो डालता है...।' इस प्रकार एकनाथ महाराज अपने निंदकों के प्रति विशुद्ध भाव रखते थे। दया, क्षमा और शांति आदि गुणों से वे निंदकों को सन्मार्ग पर ले आते थे।

आज के युग में भी आपके चारों ओर कोई न कोई ऐसा जरूर होता है, जो पीठ-पीछे आपकी निंदा कर रहा होता है। कभी घर पर, कभी ऑफिस में तो कभी अपने मित्रों के बीच निंदा होती है। जैसे यदि कोई दोस्तों के बीच आपके बारे में बुरा कहता है तो आपको तुरंत गुस्सा आ जाता है कि 'अब तो मैं इसको नहीं छोड़ूँगा।' असल में यह बहुत महत्वपूर्ण है कि आप इस निंदा को कैसे लेते हैं। अगर कोई आपको गधा कह रहा है तो वास्तव में वह आपको जगाने के लिए ऐसा कह रहा है। हालाँकि सामनेवाले को कई बार पता नहीं होता कि उसकी भूमिका जगानेवाले की है। वह भी अपने द्वेष में कुछ न कुछ अपशब्द बोलकर चला जाता है। **निंदा का नाला द्वेष से ही निकलता है और लोग उस नाले में नहाते रहते हैं। हालाँकि गंगा भी बह रही थी लेकिन यह नाला लोगों को अपनी ओर खींच लेता है।**

आज बहुत से लोग ऐसे हैं, जिनके लिए निंदा से बाहर निकलना बहुत आवश्यक हो गया है क्योंकि इसकी वजह से उन्हें बहुत चोट लगती रहती है और दुःख होता है। अगर कोई आपको गधा बोलकर जाता है तो हो सकता है कि 'आपको लगे कि अब मैं भी उसे ऐसा ही बोलूँगा, ईंट का जवाब पत्थर से दूँगा।' जबकि ईंट का असली जवाब पत्थर नहीं बल्कि विट्ठल है। मराठी में ईंट को विट ही कहते हैं।

एकनाथ महाराज ने कहा है कि **'जो मेरे सत्संग व कीर्तन की तारीफ करता है और जो मेरे सत्संग व कीर्तन की निंदा करता है, वे दोनों ही मेरी माता के समान हैं।'** जिस प्रकार एक माँ अपने बच्चे का मल तक साफ करती है, उसी प्रकार सत्संग, आपके निंदक, आपकी तारीफ करनेवाले और आपके बारे में बुरा कहनेवाले सभी आपके भीतर

का मल साफ करने के लिए ही हैं। इसलिए वे जो कर रहे हैं, उन्हें वह करने दें।

एकनाथ महाराज के इस विचार से आप समझ सकते हैं कि संत एकनाथ ने ऐसे लोगों को भी कितना बड़ा दर्जा दे रखा था। एकनाथ महाराज की दृष्टि में निंदक भी गुरु रूप ही हैं। इसलिए जब भी कोई आपकी निंदा करे तो कम से कम अपने मन में उसे धन्यवाद कहें क्योंकि निंदा होने के बाद ही आप मनन करते हैं, जिससे आपके पास कुछ नया बोध आता है यानी ऐसा दृष्टिकोण आता है, जो पहले आपके पास नहीं था।

एकनाथ महाराज कहते हैं कि भक्ति भगवान से भी बढ़कर है। ज़रा सोचें कि भक्ति में डूबकर उन्होंने ऐसा क्या पाया होगा, जो भक्ति को भगवान से भी बढ़कर कह दिया? और तो और आज्ञा पर रहकर उन्होंने क्या मुक्ति पाई होगी, जिसका वे बखान करते थे।

अगर आपको नहाने के लिए निंदा का नाला अच्छा लग रहा है तो आपका नुकसान होना तय है क्योंकि निंदा का नाला द्वेष और नफरत से निकला है। यह बात एकनाथ महाराज ने ही कही है। निंदा का नाला द्वेष से इसलिए निकला है क्योंकि बीज से ही तो पेड़ निकलता है। अगर बीज ही काँटोंवाले पेड़ का होगा तो पेड़ भी काँटोंवाला ही निकलेगा, न कि फूलोंवाला। लेकिन इसके बावजूद आपको तो अपना निर्णय लेना ही है। आपको खुद ही यह तय करना है कि 'मुझे कैसे आगे बढ़ना है- निंदा में उलझकर या फिर निंदकों को धन्यवाद देकर?' खुद के साथ ईमानदारी से बात करें और संत एकनाथ के जीवन से प्रेरणा लेकर, माया के शिकंजे (निंदा की पीड़ा) से मुक्त होकर असली मुक्ति की राह पर चलें।

19
निंदकों को मानें परम गुरु

अपने कीर्तन में एकनाथ महाराज कहते हैं, 'मेरे निंदकों द्वारा जो भी कहा जा रहा है, वह उत्थान के लिए है।' एकनाथ के अनुसार निंदक गंगा की तरह होता है और उसकी निंदा से हमारी शुद्धि होती है।

संत एकनाथ के अनुसार निंदा के नाले से अत्याचार के कीड़े निकलते हैं। एकनाथ के श्लोकों और अभंगों में ऐसी पंक्तियाँ इसलिए हैं ताकि लोग इन बातों में फँसकर उन पर अपना ध्यान केंद्रित न करें। ऐसा कहा जाता है कि 'आप जिन चीज़ों पर ध्यान लगाते हैं, उन्हें आप बल देते हैं और इस तरह आपके जीवन में वे ही चीज़ें सक्रिय हो जाती हैं।' इस बात पर हर इंसान को विचार करना चाहिए कि 'मुझे किन बातों पर बल देना है?' आप अपने जीवन में दिव्य योजना के अनुसार जो पाना चाहते हैं, उस पर ध्यान रखें तभी वह आपके जीवन में सक्रिय होगा।

इंसान अंजाने में ही उन चीज़ों का वर्णन करते रहता है, जो उसके जीवन में नहीं हो पा रही हैं, जैसे नौकरी नहीं मिल रही है... शादी नहीं

हो रही है... बच्चे नहीं हो रहे हैं... काम खत्म नहीं हो रहे हैं... लोग मान नहीं रहे हैं... आदर नहीं दे रहे हैं... तवज्जो नहीं दे रहे हैं... वगैरह। इसका अर्थ इंसान की सुई सिर्फ उन्हीं बातों पर अटकी रहती है, जो नहीं हो पा रही हैं। उसे मालूम नहीं होता कि ऐसा करके वह क्या गलती कर रहा है। उसे समझ में नहीं आता कि वह अनजाने में ही इन चीज़ों को बल दे रहा है और यह उसी की शक्ति है, जो इन चीज़ों को लगातार उसके जीवन में सक्रिय किए हुए है।

जैसे आपने गौर किया होगा कि आप जिस इंसान के बारे में सोच रहे हैं, कभी-कभी अचानक उसका फोन आ जाता है। ऐसा इसीलिए होता है क्योंकि आपने उस पर ध्यान देकर, उस पर फोकस करके, उसे आपसे संपर्क करने के लिए सक्रिय कर दिया। आपको पता नहीं होता है कि आप ऐसा कर रहे हैं। चूँकि अब आपको इसके बारे में पता है तो आप उन्हीं लोगों के बारे में सोचें, जिन्हें आप वास्तव में अपने जीवन में सक्रिय करना चाहते हैं।

वास्तव में यह एक तरह का विज्ञान है, जो इंसान को समझ में नहीं आता। उसे तो यही लगता है कि 'मेरे साथ जो हो रहा है, वह लोगों की वजह से हो रहा है।' आपको गौर करना है कि आपके जीवन में सत्य को पसंद करनेवाले लोगों की संख्या बढ़ रही है या सत्य को पसंद न करने वालों की। इंसान शिकायत करता है कि 'मेरे जीवन में जो लोग आ रहे हैं, वे मुझे श्रवण और पठन नहीं करने देते, मुझे सेवा नहीं करने देते।' इस तरह की बातें करके इंसान अनजाने में उन्हीं लोगों को ऊर्जा देने लगता है और सत्य से दूर हो जाता है।

संत एकनाथ के जीवन में भी नकारात्मक खयालोंवाले, निंदा करनेवाले ऐसे कई लोग थे लेकिन उन्होंने हमेशा ऐसे लोगों को अपना गुरु बनाकर, जीवन के सबक सीखे। संत एकनाथ के जीवन का एक उदाहरण बताता है कि वे किस प्रकार निंदा करनेवालों को प्रतिसाद देते थे।

एकनाथ की निंदा करनेवाले, उनके विरोधी उन्हें नुकसान पहुँचाने

के लिए किसी भी हद तक जाने के लिए तैयार रहते थे। इसी कारण एक बार कुछ शरारती लोगों ने एक मुसलमान इंसान को इस बात के लिए तैयार किया कि गोदावरी नदी से नहाकर निकलनेवालों पर वह कुल्ला कर दे ताकि वे फिर से अशुद्ध हो जाएँ। यह प्रपंच रचनेवाले कोई और नहीं बल्कि एकनाथ के निंदक ही थे।

एक दिन उस इंसान ने एकनाथ के ऊपर कुल्ला कर दिया। एकनाथ के निंदक यही चाहते थे, इसीलिए तो उन्होंने उस इंसान को वहाँ बिठाया था। जब उसने एकनाथ पर कुल्ला किया तो एकनाथ फौरन गोदावरी नदी में वापिस नहाकर आ गए लेकिन उस इंसान ने फिर से उन पर कुल्ला कर दिया। एकनाथ फिर से नदी में नहाकर वापिस आए और उस इंसान ने एक बार फिर उन पर कुल्ला कर दिया। इस तरह उसने 108 बार एकनाथ पर कुल्ला किया और उतने ही बार वे नदी में नहाकर आए। जब एकनाथ ने बिना कुछ कहे, नदी में बार-बार नहाना जारी रखा तो यह देखकर उस मुसलमान इंसान का भी हृदय परिवर्तन हो गया। हालाँकि संत एकनाथ तो दो-चार बार नहाने के बाद ही समझ गए थे कि वास्तव में यह सब क्या चल रहा है। क्योंकि पहले तो वह इंसान कभी-कभार ही लोगों के साथ ऐसा करता था लेकिन आज वह जैसे कुछ ठानकर यह सब कर रहा था।

एकनाथ ने भी ठान लिया कि आज किसी भी हाल में इस इंसान का हृदय परिवर्तन करना है। यह उनका प्रेरित कर्म था, जिसे उन्हें बार-बार दोहराना था। एकनाथ ने ठाना इसलिए उस इंसान का हृदय परिवर्तन हुआ। ऐसा नहीं है कि इसमें कोई चालाकी है बल्कि यह तो बस एक सहज विचार था। जरूरी नहीं है कि हर बार वैसा ही परिणाम मिले, जैसा संत एकनाथ को मिला। लेकिन उस दिन आखिरकार उस इंसान ने एकनाथ से माफी माँगी और इस तरह उनके निंदकों के मंसूबे मिट्टी में मिल गए। ये वे लोग थे, जो हमेशा एकनाथ के जीवन में मुसीबतें खड़ी करने की कोशिश करते रहे लेकिन सकारात्मक बात यह है कि वे अंत तक सफल नहीं हुए।

ऐसी ही घटनाओं के बाद संत एकनाथ ने लोगों को बताया कि

जो निंदक होता है, वह दरअसल आपका धोबी है, जो आपके कपड़े धोता है और वह भी बिना कोई पैसा लिए। इसलिए उसके बारे में बुरा सोचने की कोई जरूरत नहीं है क्योंकि वह आपका ही काम कर रहा है, आपकी ही सेवा कर रहा है। दरअसल आपको अपने जीवन में यह पहचानना होता है कि आपकी सेवा किस-किस तरीके से हो रही है। आमतौर पर हम अपने जीवन को सिर्फ एक सीमित दृष्टिकोण से ही देख पाते हैं, इसीलिए हमें लगता है कि जो हमारे साथ अच्छा कर रहा है सिर्फ वही हमारी सेवा कर रहा है। जबकि जो अच्छा नहीं करते, वे भी सेवा कर रहे हैं, इस बात को हम समझ ही नहीं पाते।

सभी हमारी सेवा कर रहे हैं इस समझ के चलते, वास्तव में इंसान के अंदर इतनी क्षमा भावना जगनी चाहिए कि उसके अंदर लोगों के प्रति सारी शिकायतें हट जाएँ। उसे इस बात पर विश्वास आ जाए कि उसके जीवन के सारे कार्य उसके सहज विचारों और निर्णयों से ही पूरे हो रहे हैं तो वह अपने मन में लोगों के प्रति शिकायत नहीं रखेगा। वह अपने लक्ष्य के प्रति सजग रहेगा और उसी को लेकर प्रार्थना करता रहेगा। निंदकों की किसी भी बात से उसे शिकायत होना बंद हो जाएगी।

संत एकनाथ को निंदक कहते थे कि 'यह तो किसी भी राह चलते इंसान को ज्ञान देने लगता है, ऐसा नहीं होना चाहिए, ज्ञान पर सिर्फ कुछ ही लोगों का अधिकार है, उन्हें कम से कम संस्कृत तो आनी चाहिए' वगैरह।

ऐसे निंदकों के लिए एकनाथ महाराज ने कहा है कि **'गुरु तो गुरु है ही, शिष्य भी गुरु है और निंदक तो परम गुरु है और असल में यह सद्गुरु स्वामी जनार्दन की शिक्षा है।'**

20
आदर या निंदा में से किसे चुनें

संत एकनाथ की शिक्षाओं में यह बात आती है कि 'जो अपने शिष्य की पीड़ा नहीं सह सकता और अपने निंदक की बातें पचा नहीं सकता, उसके जीवन का परमार्थ कार्य कोरा रह जाता है यानी वह परमार्थ की राह पर आगे नहीं जा पाता।' यहाँ परमार्थ की राह का अर्थ है पृथ्वी लक्ष्य यानी जीवन का असली लक्ष्य पाने की राह।

'शिष्य की पीड़ा' से एकनाथ का अर्थ था कि ऐसे लोग जिन्हें आप पसंद करते हैं, उनकी पीड़ा। जैसे आप अपने करीबियों का दुःख, उनकी पीड़ा को देखकर कई बार स्वयं दुःखी हो जाते हैं, जो कि स्वाभाविक भी है। लेकिन एकनाथ महाराज का कहना था कि 'आपके अंदर इतनी समझ होनी चाहिए कि आप इस पीड़ा को सह पाएँ और वास्तविकता यह है कि इसे सहना तभी संभव होगा, जब आप उच्चतम (हेलीकॉप्टर के) दृष्टिकोण से उसे देखेंगे।'

हर इंसान पृथ्वी पर रहने और पृथ्वी से जाने का चुनाव स्वयं करता

है। आपको देखना है कि आप उनके चुनाव को आदर देते हैं या इसकी निंदा करते हैं। अगर आप निंदा कर रहे हैं तो निश्चित ही आप दुःखी होंगे और अगर आदर करेंगे तो अपने जीवन की ओर से यह सहयोग करेंगे कि जीने के इससे बेहतर रास्ते भी हैं। सिर्फ दुःखी रहना ही एक विकल्प नहीं है और भी कई विकल्प हैं। इसलिए आपको लोगों के इस चुनाव का आदर करना है। वैसे भी अगर कोई गुरु शिष्य की पीड़ा से स्वयं दुःखी है तो भला वह उसकी मदद कैसे करेगा? क्योंकि दुःखी होकर तो वह उस शिष्य के चुनाव की निंदा ही कर रहा है।

दूसरी ओर एक आम इंसान का तो कोई शिष्य नहीं होता इसलिए उन्हें अपने करीबियों के मामले में यह समझ रखनी है। अगर कोई करीबी किसी बात से दुःखी है और वह आपसे सहानुभूति के दो बोल सुनना चाहता है तो उससे यह बोलने में कोई हर्ज नहीं है कि 'मैं आपके दुःख में दुःखी हूँ' लेकिन इसके साथ ही अपने अंदर आपको यह गौर करना है कि अगर आप वाकई उसके दुःख में दुःखी हो रहे हैं तो किस मान्यता की वजह से हो रहे हैं, आप ऐसा क्या मानकर बैठ गए हैं, जिसकी वजह से आपको इतना दुःख हो रहा है? इसके अलावा सबसे महत्वपूर्ण है यह देखना कि उसके दुःख में दुःखी होकर आप उसकी मदद कर रहे हैं या उसके दुःख में और बढ़ोत्तरी कर रहे हैं। अगर लोगों को एक बार यह बात समझ में आ जाए तो फिर वे दूसरे के दुःख में दुःखी होने के बजाय खुश होकर उनकी मदद करने लगेंगे।

जब भी आप सेवा करें, खुश होकर करें। आपको जितने अधिक लोगों की सेवा करनी है, आपको उतना ही खुश होना पड़ेगा। अगर आपने ठान लिया है कि 'मुझे करोड़ों लोगों की सेवा करनी है' तो ज़रा सोचें कि आपकी खुशी कितनी अधिक होनी चाहिए। इसलिए ऐसे काम में हाथ तभी डालें, जब उस स्तर की तैयारी हो और आपमें इतनी खुशी पचाने की क्षमता हो। इसी तरह धीरे-धीरे पात्रता बढ़ती है। लगातार सेवा करते-करते सुरक्षित वातावरण (सेफ ग्राउंड) में आप देखते हैं कि यदि किसी गलतफहमी की वजह से आपकी निंदा हो रही है, वह भी बिना

आपको विचलित किए तब आप तैयार हुए हैं। तब यह महत्वपूर्ण है कि आप उस निंदा को कैसे पचा रहे हैं, रो-धोकर या समझ के साथ। इसीलिए संत एकनाथ ने कहा है कि **'अगर आप स्वयं ही पूरा विश्व बन जाएँ तो उसमें निंदा और तारीफ दोनों ही विलीन हो जाती हैं।'**

चित्रकार का उदाहरण

आपको बताया गया कि निंदक आपके सहयोगी हैं और आपको उनसे सीखना है। इस बात को एक उदाहरण से समझें।

दो चित्रकार थे, उनमें से एक चित्रकार दूसरे से जलता था। जब भी उसके चित्र प्रदर्शनी में जानेवाले होते तो जलनखोर चित्रकार उसके पास जाता और उससे कहता कि 'तुम्हारे चित्र में फलाँ कमी है, फलाँ बुराई है' वगैरह। वह उसके चित्र में कमी ढूँढ़ने के लिए बहुत गौर से उसका अध्ययन करता था और फिर उसे जाकर बोलता था, 'तुमने रंग के चुनाव में गलती की... तुमने गलत ब्रश चुना... अगर फलाँ रंग या फलाँ ब्रश इस्तेमाल करते तो ज़्यादा बेहतर चित्र बनता...' वगैरह। यह सब सुनकर दूसरा चित्रकार बस इतना ही कहता कि 'आपने बता दिया, इसके लिए आपका धन्यवाद।'

कई सालों तक ऐसा ही चलता रहा और जिस चित्रकार की निंदा होती रही, वह धीरे-धीरे बहुत प्रसिद्ध चित्रकार बन गया और जलनखोर चित्रकार वैसे का वैसा ही रहा, न वह प्रसिद्ध हुआ, न बड़ा चित्रकार बना। फिर एक दिन उसे एहसास हुआ और उसे समझ में आया कि 'मैं जिसकी हमेशा निंदा करता रहा, वह आज कहाँ पहुँच गया और मैं कहाँ रह गया।' इससे उसे यह समझ मिली कि 'मैंने जितना ध्यान उसके चित्रों की निंदा करने में लगाया, अगर उतना ध्यान अपने चित्रों को बेहतर बनाने में लगाया होता तो मैं भी उसकी तरह सफल चित्रकार बन जाता।'

जिन लोगों के अंदर दूसरों की निंदा का भाव रहता है, उन्हें सोचना चाहिए कि उन्हें अपना ध्यान और अपनी ऊर्जा कहाँ लगानी है, दूसरों की कमियाँ ढूँढ़ने में या अपनी कमियाँ ढूँढ़ने में ताकि उन्हें दूर किया

जा सके। कुछ लोग अपनी कमियाँ ढूँढ़कर खुद को हीन भावना महसूस कराते हैं और दुःखी होते हैं लेकिन आपको ऐसा नहीं करना है। आपको तो अपनी कमी ढूँढ़कर तय करना है कि इस साल इस कमी को कैसे दूर किया जाए।

दरअसल जब आप सही सवाल पूछते हैं तो कुदरत किसी न किसी तरीके से आपको जवाब जरूर देती है। कभी आपके अंदर से ही जवाब आ जाता है तो कभी कोई और आकर बताता है, कभी किसी पुस्तक से पता चलता है तो कभी सपने में एहसास हो जाता है, कभी श्रवण, सेवा या भक्ति में रहने से पता चलता है। इसके लिए बस आपको यह इरादा रखना होता है कि आज के दिन की जो यात्रा हम करनेवाले हैं, इस यात्रा में हमें इस चीज़ का जवाब मिलेगा।

कई बार सिर्फ यह इरादा रखने से ही आपको अपने सवाल का जवाब मिल जाता है कि 'मेरा मन जो बार-बार सामनेवाले में अटकता है, उसकी इस समस्या से बाहर आने के लिए मुझे क्या करना होगा।' आप जो प्रार्थना करते हैं, कुदरत उसके लिए जरूरी इंतजाम करती है और फिर आपके मनचाहे लोग आपके जीवन में आने लगते हैं और वह सब होने लगता है, जो आप चाहते हैं।

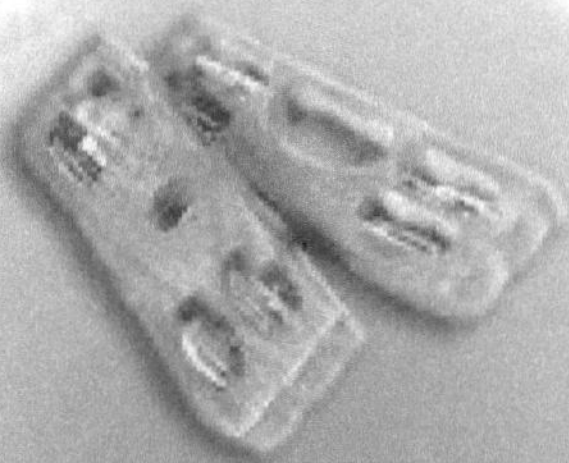

खण्ड 5
संत एकनाथ की शिक्षाएँ

21
सबसे बड़ा दान

आज तक अन्नदान को सर्वश्रेष्ठ दान कहा गया है लेकिन इससे भी बड़ा दान है '**स्व स्वरूप दर्शन दान**'। संत एकनाथ ने लोगों को स्व स्वरूप दर्शन दान दिया। दोनों में बहुत फर्क है। जब इंसान मोक्ष की चौखट पर पहुँचता है यानी उसके भीतर जीते जी मोक्ष प्राप्त करने की चाहत जागती है, ऐसे में यदि उसका पेट खाली है तो उस चौखट को पार करना उसके लिए कठिन हो जाता है। इसलिए ज्ञान की बातें करने और भजन सुनने से पहले इंसान का पेट भरा होना चाहिए। इसलिए अन्नदान को भी महत्त्व दिया गया है और लोगों की यह जरूरत भी है।

भगवान बुद्ध ने अपने शरीर को सुखाकर लकड़ी की तरह बना दिया था। उनका शरीर ऐसा बन गया कि यदि कोई पेट में हाथ डाले तो रीढ़ की हड्डी हाथ में आती थी। फिर उन्होंने इस बात का स्व अनुभव किया कि पेट में अन्न जाने के बाद आंतरिक अवस्था में अचानक परिवर्तन आता है। तब समझ में आता है कि शरीर की एक-एक कोशिका कैसे

जिंदा होने लगती है और अगर यह शरीर ही पात्र नहीं है तो हम सत्य में स्थापित नहीं हो सकते।

आज भी लोग अन्नदान करते हैं क्योंकि उन्हें स्व स्वरूप दर्शन दान के बारे में मालूम ही नहीं है। जो चीज़ इंसान को समझ में नहीं आती, वह उससे दूर हो जाती है और उसमें पूर्ण विराम (Full stop) लग जाता है। इसीलिए 'सबसे श्रेष्ठ अन्नदान' के बाद पूर्ण विराम लग गया। जैसे जीसस ने कहा कि 'मैं ईश्वर का पुत्र हूँ।' इस पंक्ति के बाद कॉमा था और उन्होंने इसके बाद एक और पंक्ति भी कही थी। लेकिन अगर कोई इस पंक्ति को कॉमा तक ही सुने तो उसे इस महावाक्य का जो लाभ मिलना चाहिए था, वह नहीं मिलेगा। जीसस ने पूरी पंक्ति कही कि 'मैं ईश्वर का पुत्र हूँ, तुम भी हो। जो मैं कर सकता हूँ, वह तुम भी कर सकते हो।'

इसी तरह 'सबसे श्रेष्ठ अन्नदान' के बाद कॉमा था और पूरा वाक्य इस प्रकार था, 'सबसे श्रेष्ठ अन्नदान, लेकिन उससे भी बड़ा दान स्व स्वरूप दर्शन दान।' जिसमें इंसान को स्व स्वरूप का ज्ञान होता है इसलिए यह अन्नदान से भी बड़ा दान है।

अब सवाल उठता है कि स्व स्वरूप दर्शन दान में ऐसा क्या होता है कि इसे सबसे बड़ा दान मान लिया गया? यह दान जिसे मिलता है, उस पर से माया की पकड़ छूट जाती है, उसे माया का शिकंजा, माया का पंजा अपने कब्जे में नहीं ले पाता। जब किसी इंसान को माया का पंजा पीछे से पकड़े होता है तो उसे वह दिखाई नहीं देता, इसीलिए कोई इस पंजे की पकड़ से छूटने की कोशिश भी नहीं करता। माया के शिकंजे में फँसे हुए इंसान के निर्णय भी बड़े ही आश्चर्यजनक होते हैं। इस बात को साँप और मेंढक की काल्पनिक कहानी से समझें।

साँप और मेंढक का उदाहरण

मान लें कि आप एक मेंढक को देख रहे हैं, जिसे पीछे से आकर किसी साँप ने पकड़ लिया है। ऐसे में आप स्पष्ट रूप से देख पाएँगे कि मेंढक एक खतरनाक स्थिति में है। आप देख रहे हैं कि साँप ने मेंढक के

शरीर को पीछे से अपने मुँह में लेकर उसे हवा में उठा दिया है परंतु मेंढक इस बात से अनजान बैठा है और कीट-पतंगों व कीड़ों को अपनी जीभ में लपेट-लपेटकर खा रहा है। उसे गलतफहमी हो जाती है कि 'मेरे साथ कुछ अच्छा हो गया है, मेरा विकास हो गया है इसीलिए मैं थोड़ा ऊपर आ गया हूँ।'

यहाँ आपको मेंढक की जैसी हालत नज़र आ रही है, ठीक वैसी ही हालत है माया में फँसे इंसान की। माया में फँसा इंसान इसी तरह सोचता है। उसे लगता है कि 'मेरे पास यह मोबाइल सर्विस है, जिसमें इंटरनेट फ्री मिल रहा है' तो वह दिनभर अपने मोबाइल में ही व्यस्त रहता है और फ्री इंटरनेट चलाकर डबल पैसे वसूल करता रहता है और चूँकि इंटरनेट कुछ महीनों के लिए फ्री है इसलिए वह एक मिनट भी बरबाद नहीं करना चाहता, लगातार इंटरनेट इस्तेमाल करना चाहता है। इंसान को यह खुशी लगती है परंतु उसे अपने पीछे का मायारूपी साँप नज़र तक नहीं आता।

मान लें कि अगर वह मेंढक उस साँप के यानी माया के मुँह से बाहर आ जाए तो फिर उसके लिए मुक्त होकर आनंदित होना संभव हो

जाता है। लेकिन चूँकि उसे पता ही नहीं है कि वह साँप के शिकंजे में है इसलिए वह उससे कभी निकल ही नहीं पाता। वह तो बस माया के चक्कर में ऐसी बातों में उलझा रहता है कि 'मैं कौन सा पान खाऊँ... किसे चूना लगाऊँ... कौन सा गाना डाऊनलोड करूँ...।' इन बातों में उलझा रहने के कारण फिर इंसान वही निर्णय लेता है, जो माया के शिकंजे को और मज़बूत बनाते हैं।

सद्गुरु को इंसान की यह हालत साफ-साफ दिखाई देती है और वे उसे बताना भी चाहते हैं कि 'तुम माया के बड़े पंजे में फँसे हुए हो।' परंतु यदि इंसान को यूँ ही बता दिया जाए कि वह माया के पंजे में फँसा हुआ है तो वह यही तर्क देगा कि 'मैं कहाँ फँसा हूँ... मैं बिलकुल मज़े में तो हूँ... मेरे जीवन में तो सब कुछ बढ़िया चल रहा है...।' चूँकि उसे सीधे-सीधे यह नहीं बताया जा सकता इसीलिए पहले उससे धीरे-धीरे तैयारी करवाई जाती है ताकि उसे खुद ही दिखाई देने लग जाए कि वह कहाँ फँसा हुआ है। इसी को कहते हैं, 'स्व स्वरूप दर्शन का दान।'

अगर इंसान को स्व स्वरूप दर्शन दान न मिले तो वह भटक जाता है, उसका जीवन उसी मेंढक की तरह हो जाता है, जिसे साँप आधा निगल चुका होता है और थोड़े ही समय में वह उसे पूरा निगल जाएगा। माया के चंगुल में फँसे इंसान की भी थोड़े ही समय में चेतना गिर जाएगी, उसका होश समाप्त हो जाएगा... यह समय एक साल भी हो सकता है, दो साल भी और उससे ज़्यादा भी लेकिन चेतना का समाप्त होना तय है। जिसके बाद तो उसे इंसानियत को नुकसान पहुँचानेवाले काम करने में भी कोई संकोच नहीं होगा।

अगर किसी इंसान का जीवन इतना खतरनाक बनने जा रहा है और सद्गुरु को यह सब साफ-साफ दिखाई दे रहा है तो वे उसे बताना चाहेंगे कि 'यह स्व स्वरूप दर्शन दान ग्रहण करो और इस माया के शिकंजे से बाहर आओ ताकि तुम्हें स्वयं स्व स्वरूप का दर्शन हो जाए।'

सद्गुरु का उस इंसान के जीवन में आना ऐसा ही है, जैसे उस मेंढक के हाथ में सेल्फी स्टिक देना। अगर इस मेंढक के हाथ में सेल्फी

निकालने के लिए मोबाइल और सेल्फी स्टिक दी जाए तो उसे क्या दिखाई देगा? जब मेंढक सेल्फी में स्वयं को देखेगा तो उसे पहला दर्शन अपने शरीर का होगा। सद्‌गुरु का ज्ञान पाकर इंसान के हाथ में यही सेल्फी स्टिक आ जाती है। सद्‌गुरु उससे कहते हैं कि 'सेल्फ ही है, तुम हो या नहीं, यह पक्का करो।' मेंढक की भाँति इंसान जब स्वयं का दर्शन करता है तो उसे भी पहला दर्शन अपने शरीर का ही होता है क्योंकि शरीर मात्र निमित्त है, आइना है। जब यह दर्शन होगा, तब आपको अपने पीछे माया का साँप दिखेगा। सेल्फी लेते वक्त उस साँप ने भी तो आपके साथ फोटो निकलवाई है। यह माया रूपी साँप अदृश्य होता है इसलिए इसे देखने के लिए ज्ञान के दर्पण की ज़रूरत होती है।

इस उदाहरण को पढ़कर आपको साँप साफ-साफ दिख रहा होगा और अच्छी तरह समझ में आ रहा होगा कि मेंढक कितना मूर्ख है। लेकिन महत्वपूर्ण सवाल यह है कि आपकी स्थिति कैसी है? क्योंकि आपको भी मायारूपी साँप दिखाई नहीं देता। जब ज्ञान के दर्पण में आपको मायारूपी साँप दिखाई देता है तो समझ में आता है कि 'पहला काम यही है कि मैं इससे छूटने के लिए अपनी जुबान का इस्तेमाल करने से ज़्यादा, पीछे की टाँगें इस्तेमाल करूँ।' क्योंकि जुबान तो बस लपलपाती रहती है कि 'वाह कितना स्वादिष्ट बिस्किट है... कितना स्वादिष्ट पिझा है... कितना स्वादिष्ट बर्गर है... अगर यह नहीं खाया तो क्या जीवन जिया।' आपके अंदर का मेंढक हमेशा इस बात में उलझा रहता है कि 'मार्केट में कौन सा नया कीड़ा आया है, जिसका मैं स्वाद ले सकूँ... कौन सी स्कीम आई है, जिसका मैं इस्तेमाल कर सकूँ...।'

वास्तव में यह साँप की भाषा है। जब इस मायारूपी साँप का ज़हर काम करता है तो इंसान इसी तरह सोचता है और ऐसे ही निर्णय लेता है। जब साँप पकड़ लेता है तो उसका ज़हर आपके शरीर के अंदर चला जाता है। उसी ज़हर से यह भाषा और ऐसे निर्णय निकलते हैं कि 'अगर कुछ फ्री मिल रहा है तो पूरा फायदा लो, सब वसूल लो।' फ्री में यदि ज़हर भी मिल रहा है तो इंसान उस ज़हर को लेने के लिए भी उतावला

हो जाता है क्योंकि वह फ्री में मिल रहा है। बस उसे ज़हर के बजाय कोई और अच्छा नाम दे दिया गया है और इंसान को वह अच्छा लग रहा है। माया में इंसान इतना बेहोश हो गया है कि फ्री में ज़हर खाने को भी तैयार है।

साँप के ज़हर ने आप पर कितना असर किया है, यह आपको दिखना चाहिए। तभी आप उसके प्रभाव से बाहर आएँगे। जब तक आप मनन करने की आदत नहीं डालते, अलग-अलग परिस्थिति में स्व का दर्शन और शरीर का दर्शन नहीं करते, तब तक यह साँप प्रकाश में नहीं आता। जब आप यह दर्शन करेंगे तो आपको साफ-साफ दिखाई देगा कि 'धीरे-धीरे यह साँप मुझे निगल रहा है और मैं अपनी मान्यताओं के अनुसार ही निर्णय ले रहा हूँ और उसी के अनुसार मुझे दुःख हो रहा है।'

मनन का निर्णय लेकर आप एक नया काम कर रहे हैं। यह निर्णय आपको बता रहा है कि आपने सेल्फी खींची है और उसमें आपको मायारूपी साँप का दर्शन हो गया है। वरना लोग रोज सेल्फी निकालते रहते हैं और सोशल मीडिया पर अपने फोटो डालते हैं। उन फोटोज़् पर यदि किसी ने गलत कमेंट लिख दिए तो लोगों को बुरा लगता है। लोग अपने आपको शरीर मानकर ही हर कार्य करते हैं इसलिए अगर कोई शरीर के फोटो को देखकर निंदा करता है तो लोगों को लगता है कि यह उनके लिए ही कहा जा रहा है। जबकि वास्तव में अपशब्द कहनेवाला या निंदा करनेवाला इंसान दरअसल खुद के बारे में ही बता रहा होता है कि उसकी दृष्टि कैसी है और उसे क्या दिखाई दे रहा है। निंदकों की बातें सुनकर, उस पर मनन करके हमें अपने जीवन में लाभ लेने की कला सीखनी है।

22
माया की योजना पहचानें

एकनाथ को अपने गुरु जनार्दन स्वामी से विट्ठल की भक्ति मिली थी। भक्ति के बारे में उनकी मूल शिक्षा यह थी कि **'भगवान भाव की शक्ति से बिक जाते हैं।'** यहाँ भाव का अर्थ भावना से है। अर्थात अगर भक्ति की भावना हो तो भगवान बिक जाते हैं। इसे इस तरह भी कह सकते हैं कि जो अतुलनीय है, वह भक्ति में तुल जाता है। किसी तोलू मन (तोलना-तुलना करनेवाले मन) में ऐसी ताकत नहीं है कि वह ईश्वर को तोल सके लेकिन भक्ति में यह शक्ति है कि ईश्वर भी उसमें तुल जाते हैं।

एकनाथ महाराज कृष्ण भक्ति करते थे। उन्होंने रुक्मिणी के बारे में कहानी भी लिखी थी, जिसमें उन्होंने रुक्मिणी की भावदशा के बारे में विस्तार से बताया और भक्ति की शक्ति का बखान किया। कहानी के अनुसार एक बार जब कृष्ण को तोला जा रहा था तो एक पलड़े पर कृष्ण थे और दूसरे पर तुलसी का पत्ता। वह पत्ता वहाँ भक्ति की भावना से रखा गया था इसलिए कृष्ण उस एक पत्ते से भी तुल गए। यह भावना

का ही कमाल था कि अतुलनीय श्रीकृष्ण को मात्र एक तुलसी के पत्ते से तोल दिया गया। एकनाथ महाराज ने इस कहानी के माध्यम से भक्ति की शक्ति का एक उम्दा उदाहरण सामने रखा ताकि जो लोग माया में उलझ जाते हैं, वे बच सकें।

संत एकनाथ महाराज कहते हैं कि 'माया उतनी ही झूठी है, जैसे कि बाँझ स्त्री को बेटा हुआ है और लोग उसकी जन्मपत्री बना रहे हैं।' माया में लोग अक्सर इस कदर उलझ जाते हैं कि उससे निकलने के लिए उन्हें ताकत की जरूरत पड़ती है, फिर चाहे वह आज्ञा की ताकत हो, गुरु श्रद्धा की ताकत हो या सेवा और भक्ति की ताकत। यह ऐसी ताकत है, जो माया से काम करवाती है। वरना इंसान को पता ही नहीं चलता कि वह कब माया का गुलाम बनकर उसी की तारीफ करता रहता है। जैसे आपने ऐसे लोगों को देखा होगा, जो पैसा देकर शराब पीते हैं और फिर उसकी तारीफ भी करते हैं। लेकिन अगर इन लोगों को सत्य के रास्ते पर एक कदम भी चलने के लिए कहा जाए तो उनके पैर तक नहीं उठते। आपको इस तरह माया में नहीं फँसना है।

उस समय की माया और आज की माया में फर्क है। इसीलिए आज लोगों को भक्ति की जितनी अधिक जरूरत है, उतनी पिछले किसी भी दौर के लोगों को नहीं रही। आज माया की शक्ति बहुत बढ़ गई है और वह कई अदृश्य तरीकों से इंसान पर हमला कर रही है। आज इंसान समझ ही नहीं पाता कि टी.वी. पर आनेवाला विज्ञापन दरअसल माया का प्रलोभन है और वह उसे अपने जीवन का लक्ष्य मानकर बैठा होता है। इसके लिए वह सारे प्रयास करता है, यहाँ तक कि लोगों से झगड़ा तक कर लेता है, घर की शांति भंग कर लेता है, गलत मित्रों की संगत में पड़ जाता है। इसके बावजूद भी उसे दिखाई नहीं देता कि वह क्या कर रहा है।

चूँकि माया का हमला निरंतर हो रहा है इसलिए यह जरूरी है कि लोग अपनी हर साँस को भक्ति में लगाएँ। इसी उद्देश्य से एकनाथ कीर्तन करते थे और धीरे-धीरे उनके कीर्तन में आनेवालों की संख्या भी बहुत बढ़ गई। शुरू-शुरू में लोग यह सोचकर आते थे कि 'चलो वहाँ

थोड़ा मनोरंजन होगा, एक पात्रीय नाटक खेला जाएगा।' लेकिन फिर धीरे-धीरे लोगों को भक्ति का महत्त्व समझ में आने लगा।

माया यानी मृगजाल

संत एकनाथ ने अपनी शिक्षाओं में बताया है कि 'माया एक मृगजाल है और मृगजाल को देखकर लोग पानी के प्याऊ की योजना बनाते हैं।' गर्मियों के मौसम में आपने सड़क किनारे ऐसे प्याऊ देखे होंगे। मृगजाल को देखकर प्याऊ की योजना बनाने का अर्थ है कि जिस भरोसे आपने तमाम काम किए, अंत में पता चला कि वैसा कुछ तो कभी था ही नहीं। ये योजना वैसी ही है, जैसे कोई जुगनू को देखकर उनकी रोशनी से दीए जलाने की योजना बनाए। जबकि वास्तविकता तो यही है कि जुगनू से दीए नहीं जलनेवाले। इसी तरह अगर आपने रस्सी में साँप का आभास कर लिया तो ज़हर जरूर चढ़ेगा। इंसान ऐसे ही भ्रमित होता है। इंसान को मृत्यु उपरांत जीवन में पता चलता है कि 'मैंने अपने जीवन में जिस चीज़ के लिए सब कुछ किया, वह चीज़ तो कहीं थी ही नहीं।' आप देख सकते हैं कि यह खतरनाक धोखा है, भ्रम है। आपको इस भ्रम से बाहर निकालने के लिए ही एकनाथ महाराज ने ऐसी उपमाएँ देकर प्रतीकात्मक ढंग से अपनी बात रखी कि माया से सुख की अपेक्षा करना या माया के भरोसे जीवन जीना किसी मृगजाल जैसा ही है।

जो इंसान यह मानकर बैठा है कि जीवन कठिन है, लोग बुरे हैं, वह इसी तरह माया में भ्रमित होता है। जिसे आप अपना दुश्मन मानते हैं, उसके बारे में ज़रा पूछें कि 'क्या वह बाकी सबका भी दुश्मन है?' दरअसल वह बस आपकी मन की कथा में आपका दुश्मन है और आप उस मन की कथा पर जितना विश्वास करेंगे, उतना ही भ्रमित होंगे, उतना ही माया का डंक लगेगा।

एकनाथ महाराज कहते हैं कि 'मेरे गुरु की आज्ञा में इतना सामर्थ्य है कि इंसान माया के शिकंजे से बाहर निकल सकता है।' गुरु आज्ञा का सामर्थ्य इसका अर्थ - 'गुरु की आज्ञा इतनी समर्थ है कि माया के शिकंजे से बाहर आना संभव बना सकती है। इसलिए हर इंसान को गुरु

को पहचानकर, उनकी आज्ञा का पालन करना चाहिए।

संत एकनाथ माया के शिकंजे से निकल पाए क्योंकि उनका जीवन पहले ही बिखराव से मुक्त था। उनके जीवन में कभी कोई बिखराव आया ही नहीं था। आज अगर देखा जाए तो हर इंसान का जीवन कई क्षेत्रों में, कई विषयों में, कई बातों में, कई विज्ञापनों में बिखरा हुआ है। एक उत्तेजना समाप्त होती है तो इंसान नई उत्तेजना की खोज करने में जुट जाता है। दरअसल इंसान को पता नहीं है कि ऐसा करके वह खुद को कैसी आदत लगा रहा है।

संत एकनाथ ने अपने बचपन में ही बालक ध्रुव और भक्त प्रहलाद की कहानी सुनकर, संत ज्ञानेश्वर की कुछ बातें जानकर केवल छह साल की उम्र में एक प्रार्थना की। संत ज्ञानेश्वर को जब अपने गुरु संत निवृत्तिनाथ से पहली आज्ञा मिली, तब उन्होंने ऐसा नहीं कहा कि 'मैं तो उम्र में बहुत छोटा हूँ, मुझसे इतना बड़ा काम कैसे होगा।' आज्ञा मिली और उन्होंने कार्य शुरू किया। एकनाथ ने संत ज्ञानेश्वर की ये सारी कहानियाँ सुनी थीं इसलिए निवृत्तिनाथ द्वारा संत ज्ञानेश्वर को मिली हुई आज्ञा (ज्ञानेश्वरी) आगे आनेवाले पाँच सौ सालों की तैयारी थी और ऐसा बीज था, जो बाल्यावस्था में ही एकनाथ के अंदर गया। इससे आप समझ सकते हैं कि जब कोई आज्ञा दी जाती है तो उसका प्रभाव कितनी दूर तक फैलता है। यह गुरु आज्ञा का सामर्थ्य है और इंसान को आमतौर पर इसके बारे में पता नहीं होता है।

23

शिकायत करने का अनोखा तरीका

संत एकनाथ और उनकी पत्नी ने समस्याओं को अलग ढंग से देखा। हर इंसान चाहता है कि उसके जीवन में अच्छे लोग, अच्छी चीज़ें, समृद्धि, स्वास्थ्य भरपूर आए। मगर वह भूल जाता है कि यह होने के लिए सबसे पहले उसे खुश रहना चाहिए क्योंकि खुश होकर ही ईश्वर के प्रति अपना विश्वास प्रकट किया जा सकता है। लेकिन आमतौर पर इंसान हमेशा अपने मन की बात मानकर छोटी-छोटी बातों पर दुःखी होते रहता है और शिकायतें करते रहता है।

अब समय आया है कि मन जो कह रहा है, उसे सच मान लेने के बजाय पहले परखें, थोड़ा जागृत हो जाएँ। जब भी मन कुछ बोले तो खुद से कहें कि 'मुझे ऐसा लग रहा है लेकिन मुझे गौर करना है कि वास्तव में सच क्या है, फिर मुझे सत्य मालूम पड़ जाएगा।' लेकिन अगर आप किसी बात को तुरंत पक्का कर लेंगे तो दुःख शुरू हो जाएगा। इसीलिए कई लोग अपने जीवन में वह दुःख भुगत रहे हैं, जो वास्तव में उन्हें मिला ही नहीं है। जबकि होना तो यह चाहिए कि जो दुःख मिला भी है, वह

भी नहीं भुगतना चाहिए। अगर आपको खुद से प्यार है तो आपको कोई दुःख भुगतना ही नहीं चाहिए क्योंकि दुःख भुगतना तो वैकल्पिक है। जब ऐसा होगा तो आप यही कहेंगे कि 'मैं यह दुःख नहीं भुगतूँगा क्योंकि मैं आनंद में रहता हूँ, मुझे स्वयं से प्रेम है, मैं स्वयं का आदर करता हूँ, लोग भले ही करें या न करें, वह उनकी अपनी समस्या है, मुझे तो अपना आदर करना ही है।'

यदि आप एकनाथ महाराज और उनकी पत्नी के जीवन पर गौर करेंगे तो पाएँगे कि उनके जीवन में भी कई समस्याएँ आईं। इसके बावजूद किसी बात का दुःख न मनाते हुए या किसी की शिकायत न करते हुए वे दोनों एक आदर्श जीवन जी पाए।

अगर आप लोगों को देखकर यह सोच लेंगे कि 'मैं दुःखी इसलिए हूँ क्योंकि वे फलाँ कार्य नहीं कर रहे हैं।' तो यकीन मानिए कि आप भी वही कर रहे हैं, जो लोग कर रहे हैं। आप भी खुद को उतना ही दुःख दे रहे हैं, जितना लोग आपको दे रहे हैं। इसलिए पहले आप अपनी गलती सुधारें और यह समझें कि 'मैं भी वही गलती कर रहा हूँ, मैं स्वयं पर ही पत्थर फेंक रहा हूँ इसलिए मुझे पहले यह बंद करना चाहिए, उसके बाद ही यह शिकायत करनी चाहिए कि बाकी लोग ऐसा क्यों कर रहे हैं।' जैसे ही आप खुद को पत्थर मारना बंद करेंगे तो देखेंगे कि आपके अंदर उठनेवाली वह शिकायत भी विलीन हो जाएगी। क्योंकि तब तक आपको समझ में आ जाएगा कि लोग ऐसा क्यों कर रहे थे और उसके पीछे उनकी क्या मजबूरी है।

गोपियों की शिकायतें

संत एकनाथ ने कृष्ण और भक्ति के उदाहरणों के माध्यम से बताया कि गोपियाँ कृष्ण की हरकतों से क्या-क्या सीख रही थीं। गोपियाँ यशोदा को जाकर कहती हैं कि 'तुम्हारा बेटा तो बहुत शरारती है, उसने तो हमारे घर के किवाड़ खोल दिए, जिससे हमारे भ्रम के दरवाजे भी खुल गए।' ज़रा गौर करें कि शिकायत कैसी है। गोपियाँ यह शिकायत भी करती हैं कि 'कृष्ण ने हमारी मटकियाँ ऐसे तोड़ीं, जैसे हमारा अहंकार तोड़

दिया हो। हमारे घर में एक तिपाई थी, उसका कृष्ण ने ऐसा हाल किया कि पूछो मत, मानो त्रिगुणी तिपाई हो, कौन सी कहाँ गई, पता ही नहीं चला।' यहाँ त्रिगुणी यानी तम, रज, सत यानी उन गोपियों की अवस्था ऐसी थी कि वे त्रिगुणों से मुक्त हो रही थीं। गोपियाँ यशोदा से कहती हैं कि 'कान्हा ने हमारे घर में रखे छाछ को ऐसे बहा दिया जैसे पूरे संसार को उससे सींच दिया हो। यह तो अच्छा हुआ कि हम फँसे नहीं और कान्हा के साथ रहने की ठान ली वरना अगर हम मन के चक्कर में आ जाते तो उन्हें छोड़ देते।'

गोपियों के इस उदाहरण से आप समझ सकते हैं कि संत एकनाथ ने गोपियों की भक्ति को कितने नए ढंग से प्रस्तुत किया है। देखा जाए तो हर इंसान को अपने जीवन में किसी न किसी बात से शिकायत होती है लेकिन गोपियों के उदाहरण से संत एकनाथ ने शिकायत को देखने का जो नज़रिया बताया है, वह अपनाने से हर कोई शिकायत शून्य हो जाएगा।

24
एकनाथ की भक्ति और चिंता

जनार्दन स्वामी की आज्ञा पर संत एकनाथ के शरीर द्वारा जो अलग-अलग और कठिन कार्य हुए, उसके लिए आपका मन अनेक शंकाएँ ला सकता है कि 'यह मैं कैसे कर पाऊँगा... यह तो मुझसे नहीं होगा... यह तो बहुत कठिन है... मैं तो स्त्री हूँ... मैं तो गरीब हूँ... मेरे साथ ऐसा नहीं हो सकता... मेरे घर में इतने सारे लोग हैं इसलिए यह नहीं हो सकता...।' इससे आप समझ सकते हैं कि मन कार्य न करने के कितने कारण दे सकता है।

संत एकनाथ ने मन के सारे बहानों के भी पार जाकर श्रद्धा और भक्ति की वजह से और सबसे सर्वोपरि सत्य की प्यास की वजह से गुरु के आदेश का पालन किया। इसके अलावा उनके पास और कोई उद्देश्य तो बचा नहीं था, न ही और कोई प्रार्थना बची थी। वे केवल अंतिम सत्य जानना चाहते थे। उस अंतिम सत्य के लिए ही बालक ध्रुव ने भक्ति की, जिसके लिए भक्त प्रहलाद ने भक्ति की और हरि दर्शन पाया। ऐसे भक्तों की कथाएँ सुनकर या पढ़कर यह सवाल उठता है कि 'उन्होंने ऐसा क्या

किया, ऐसी कौन सी भक्ति की, जो ईश्वर स्वयं उनके सामने हरि का अवतार लेकर प्रकट हो गए? इंसान के भीतर ऐसा क्या होता है कि उच्च चेतना को धरती पर उतरना पड़ता है?' वास्तव में यह हर शरीर के साथ होना संभव है क्योंकि हर शरीर एक प्रयोगशाला है। जब शरीर में भक्ति, सेवा, श्रवण और सत्य यात्रा जैसे पदार्थ डाल दिए जाते हैं तो इससे एक प्रतिक्रिया होती है और ऐसी ग्रहणशीलता तैयार होती है कि उच्च चेतना को अवतरित होना ही पड़ता है।

ज़्यादातर लोगों को यही लगता है कि 'ईश्वर का अवतार लेने जैसी बातें केवल कहानियों में ही होती हैं, इसमें ऐसा कुछ नहीं है कि हम इस पर मनन करें।' जबकि वास्तविकता यह है कि हमारे अंदर भी इसकी संभावना छिपी हुई है और हम भी ऐसी उच्चतम भक्ति कर सकते हैं। जब आप गहराई से मनन करेंगे तभी भक्ति को समझ पाएँगे।

अब यह पुस्तक नीचे रखकर कुछ समय इस बात पर मनन करें कि 'क्या हमारे भीतर यह विश्वास जाग्रत हुआ कि यह उच्च चेतना हमारे शरीर के अंदर भी अवतरित हो सकती है?' खुद से पूरी ईमानदारी से सवाल पूछें कि 'हम यह सब यूँ ही कह रहे हैं या सच में हम यह चाहते है कि प्रयोगशाला जैसे हमारे इस शरीर के अंदर तमाम पैटर्न्स के बावजूद भी उच्च चेतना का आयोजन संभव हो जाए, हम में ऐसी भक्ति समा जाए, ऐसा ज्ञान उतर आए, ऐसी सेवा की ज़िद आ जाए और श्रम हो पाए, जिससे उच्च चेतना के प्रति ग्रहणशीलता तैयार हो।'

याद रखें कि आपको भक्ति और उसकी शक्ति को आधे-अधूरे ढंग से नहीं बल्कि पूरी तरह समझना है। **इंसान को भक्ति की बातें बताकर ही उसकी भक्ति बढ़ाई जा सकती है।** इसलिए स्वयं से पूछें कि 'क्या मेरे जीवन में भक्ति की गंगा बह रही है?' आप जितना भक्ति के बारे में सुनते हैं, आपके अंदर उतनी ही भक्ति जागती है। **भक्ति अपनी भूमिका निभाए और ज्ञान अपनी तो संपूर्ण समर्पण संभव हो जाता है।** ज्ञान से मुक्ति मिलती है तो भक्ति से मुक्ति टिकती है।

भक्त की भाषा

भक्त और भगवान के बारे में संत एकनाथ ने बताया कि '**भक्त भक्ति को भगवान से बढ़कर मानता है और जानता है।**' ऐसी पंक्ति को पढ़कर पहला विचार यही आएगा कि भक्ति को भगवान से बढ़कर माननेवाले भक्त, एकाग्रता के सरताज, संत कवि 'संत एकनाथ' ही हैं।

क्या वाकई भक्ति की ताकत ऐसी है, जिसके अमृत से ईश्वर का जीवन चलता है? दरअसल शब्दों में ये बातें पढ़कर आपको थोड़ा अजीब लगेगा कि ईश्वर को भी जीने के लिए कुछ चाहिए लेकिन यह भक्त की भाषा है। वास्तव में ऐसा बिलकुल नहीं होता, जैसा भक्त अपनी भाषा में कहता है लेकिन भक्ति जगाने के लिए, भक्ति का महत्त्व बताने के लिए जिन बातों को शब्दों में नहीं बताया जा सकता, उनके लिए ऐसे ही तरीकों से कहा जा सकता है। संत एकनाथ तो हमेशा भक्ति में ही रहते थे लेकिन यदि उनके जीवन में कोई चिंता रही होगी तो वह यही रही होगी कि सामने बैठे जो भोले-भाले लोग हैं, उन्हें कैसे मुक्ति मिलेगी।

एकनाथ की चिंता

उस समय के लोग इतने भोले-भाले थे कि कोई भी पाखंडी आकर उन्हें उलझा सकता था और किसी भी कर्मकाण्ड में लगा सकता था। कोई भी इनसे अपने फायदे के लिए उल्टे-सीधे काम करवा सकता है या फिर ऐसे पाप कर्म करवा सकता है, जो उनके ही पैर में कुल्हाड़ी लगने जैसा हो। ऐसे लोगों को कैसे मुक्ति मिलेगी? उस समय ऊँची-ऊँची बातें करनेवालों के लिए, संस्कृत पढ़नेवालों के लिए बहुत कुछ उपलब्ध था, हर तरह के ग्रंथ उपलब्ध थे। लेकिन जो भोली जनता थी, जिसे संस्कृत नहीं आती थी, उसके लिए कुछ नहीं था। इसी वजह से संत एकनाथ के द्वारा मराठी भाषा में ओवियाँ निकली, ग्रंथ और अभंग बने।

इस प्रकार के कार्यों के ज़रिए ही संत एकनाथ लोगों के अंदर भक्ति जगाने में सक्षम हो सके। स्वयं के अंदर भक्ति जगाना भी एक बड़ी बात

है, जबकि एकनाथ महाराज ने तो स्वयं के साथ-साथ दूसरों में भी गुरु प्रताप और आज्ञा से भक्ति जगाई थी। कई बार लोगों को भक्ति का महत्त्व पता नहीं होता क्योंकि वह उन्हें भक्ति के वातावरण में पैदा होने के कारण फ्री में मिली होती है। वास्तविकता यही है कि भक्ति आसानी से नहीं जागती और जब एक बार आपके अंदर भक्ति जाग जाती है तो फिर कोई और चीज़ उससे ज़्यादा अच्छी नहीं लगती।

कई बार कुछ लोग भक्ति जागने के बाद भी बाकी लोगों को देखकर दिखावटी सत्य* में अपनी भक्ति को गँवा बैठते हैं। फिर भी उन्हें पता नहीं चलता कि उन्होंने अपना कितना बड़ा नुकसान कर लिया है। कई बार लोग सिर्फ आजीविका के लिए या दूसरों की बातों या तानों से बचने के लिए सत्संग में आना बंद कर देते हैं। इसका अर्थ भक्ति जगी ही थी कि उन्होंने आना बंद कर दिया। ऐसे लोगों को पता ही नहीं होता कि उनके अंदर भक्ति का जगना बहुत बड़ा वरदान था। क्योंकि भक्ति की बातें बताकर ही भक्ति बढ़ाई जा सकती है। जिन्हें बड़ी आसानी से भक्ति मिलती है, वे उसे आसानी से गँवा भी बैठते हैं। दरअसल जो भक्ति मिली है, उसके लिए मन में धन्यवाद के भाव उठने चाहिए। भक्ति इतनी बढ़े कि आपके विकारों के ऊपर हो जाए। तब भक्ति की शक्ति आपको मदद करेगी, आप सहजता से विकारों से बाहर निकल जाएँगे।

---

* *दिखावटी सत्य का अर्थ है. जो दिखाई देता है परंतु सत्य नहीं होता।*

25

घुटनों के बल चलनेवाला देवता

संत एकनाथ ने कहा था कि 'एक ऐसा देवता है, जो घुटनों के बल चलता है क्योंकि वह एक पैर से लँगड़ा है।' कोई इस बात को पढ़ेगा या सुनेगा तो यही कहेगा कि 'मैंने तो इतने सारे देवताओं की तस्वीरे देखी हैं, उनकी कहानियाँ भी सुनी हैं लेकिन कोई भी देवता ऐसा नहीं है, जो घुटनों के बल चलता हो और लँगड़ा हो।'

जब भी आप ऐसी बातें पढ़ें तो शब्दों में उलझने के बजाय उनका अर्थ समझें। उपरोक्त कथन का अर्थ समझने से पहले इस बात का अर्थ समझें कि 'एक ऐसा देवता है, जिसका सिर्फ एक ही हाथ है- दायाँ हाथ यानी राइट हैण्ड।' इस वाक्य पर आप यही कहेंगे कि 'जब बायाँ हाथ है ही नहीं तो दूसरे हाथ को दायाँ हाथ कैसे बोला जा सकता है?' लेकिन यही तो तर्क है। असल में इस बात का अर्थ यही है कि हर मामले में, हर घटना में ईश्वर का हाथ है और वह दाँया हाथ है यानी राइट है क्योंकि ईश्वर कभी गलत नहीं होता, वह हमेशा राइट यानी सही होता है।

दरअसल इंसान ईश्वर को एक आकार या आकृति के दायरे में

ही बाँधकर उसकी कल्पना करता है। इस कारण ही संतों द्वारा कहे गए ऐसे कथनों का अर्थ वह तुरंत समझ नहीं पाता। जब आप मन की सारी कल्पनाओं को हटाकर नए सिरे से सोचते हैं, मनन करते हैं तब आपको सभी संतों की सारी शिक्षाएँ और धार्मिक पुस्तकों की बातें आसानी से समझ में आएँगी।

संत एकनाथ द्वारा कही गई पंक्ति के अनुसार 'एक ऐसा देवता है, जो घुटनों के बल चलता है क्योंकि वह एक पैर से लँगड़ा है।' यह अतार्किक और विरोधाभासी लगती है। अनुभव को दर्शाने के लिए ही ऐसी पंक्तियाँ कहीं जाती हैं। ऐसी ही शब्दावली में अनुभव के बारे में बताया जा सकता है। लोग सोच-सोचकर थक जाएँगे लेकिन उन्हें एकनाथ द्वारा कहे गए वाक्य का अर्थ समझ में नहीं आएगा कि ऐसा कौन सा देवता है। मगर अनुभव के स्तर पर अपने होने का एहसास, अपने अनुभव में स्थापित होने का ज्ञान ऐसी भाषा में सामने रखा जा सकता है।

एकनाथ के कथन का अर्थ

अब हम समझेंगे कि वह कौन सा देवता है, जो घुटनों के बल चलता है। आपको पता है कि जब इंसान समर्पण करता है तभी वह घुटनों के बल आता है। किसी देवता के घुटनों के बल चलने का अर्थ यह नहीं है कि वह खुद घुटनों के बल चल रहा है। दरअसल इसका अर्थ यह है कि जब आप उसके सामने घुटनों के बल आ जाते हैं तो वह आपके जीवन में चलने लगता है। फिर वह आपसे कहेगा कि 'अब तुम कुछ मत करो क्योंकि अब तुम्हारे जीवन में सब कुछ मैं ही करूँगा।' इसका अर्थ अब आपके जीवन के सारे निर्णय उसके होंगे। जब वह आपके जीवन में आ जाता है तो फिर आपके सामने कोई चिंता नहीं बचती क्योंकि अब जो होगा, वह उचित ही होगा। वरना इंसान को जीवनभर इस बात की चिंता रहती है कि 'क्या सही है और क्या गलत है? मैं यह करूँ या वह करूँ?' यह चिंता अब समाप्त हो जाएगी। अब आपके जीवन में व्यक्ति यानी अहंकार को कुछ भी नहीं करना है। जब व्यक्ति कुछ करता है, तभी समस्याएँ पैदा होती हैं। जीवन की उलझन यही है कि व्यक्ति बुद्धि

का इस्तेमाल करता है।

अहंकारवश किया गया कोई भी कार्य चाहे वह दिखने में कितना भी सही लगे लेकिन वह गलत ही होता है। कोई भी नकारात्मक कार्य करने के बाद आपके भीतर की भावना आपको बताती है कि आपने गलत कार्य किया है। आंतरिक भावना के ज़रिए आपका अनुभव, आपका ईश्वर, आपका सोर्स, आपका तेजस्थान आपको बता रहा है कि आपने सही किया या नहीं। घुटनों पर चलनेवाले देवता का जिक्र करके आपको बताया गया कि जब अहंकार समर्पित होता है, तभी तेजस्थान खुलता है और ऐसे वाक्य निकलते हैं कि लोगों को आश्चर्य होने लगता है कि आखिर ये शब्द कैसे निकलते हैं। वास्तव में ये शब्द मौन से निकलते हैं।

मौन की बात

आमतौर पर लोग मौन का वास्तविक अर्थ समझ नहीं पाते। उन्हें लगता है कि अगर मौन की बात हो रही है तो वह बोरिंग ही होगा क्योंकि उनके अनुसार मौन में बैठने का सिर्फ एक ही अर्थ है, चुपचाप बैठना। इसलिए मौन शब्द उन्हें आकर्षित नहीं लगता। उन्हें मालूम नहीं है कि मौन से शब्द भी निकलते हैं, क्रियाएँ भी होती हैं और अभिव्यक्ति भी होती है।

इस मौन से जो भी आए या जो भी हो लेकिन आप उसके कर्ता नहीं हैं क्योंकि आपके समर्पण के बाद आप कर्ता नहीं रह जाते। समर्पण के बाद न कोई पुण्य आपका, न पाप आपका। इसीलिए रामकृष्ण परमहंस, जो काली माँ के बहुत बड़े भक्त थे, उनसे कहा करते थे कि 'ये रहे तुम्हारे पाप और ये रहे तुम्हारे पुण्य, दोनों अपने पास रखो, मुझे केवल शुद्ध भक्ति दो।' जबकि एकनाथ महाराज कहते हैं कि **'भक्ति अगर मां है तो मुक्ति इसकी बेटी है। एक बार मां आ गई तो बेटी भी आएगी ही।'**

दरअसल किसी बात को कहने का हर किसी का तरीका अलग-

अलग होता है। अगर आप विचार करें कि ये सब बातें किसने कही हैं तो इसका जवाब है, मौन ने। कहने का स्थान केवल एक ही है। लेकिन इंसान ने बाहर से सब कुछ कहना शुरू कर दिया, अंदर से कहना सीखा ही नहीं। वह तो बस दिनभर प्रतिक्रियाएँ देने में व्यस्त रहता है कि 'इसने ऐसा कहा, उसने वैसा कहा, अब उसकी बात पर मुझे ये कहना है, वो कहना है।'

इसीलिए अब आपको समझना होगा कि आपको बाहरी लोगों पर जाने की जरूरत ही नहीं है। आपकी जो मौलिक क्रिया है, वह सामने आनी चाहिए, न कि आपकी प्रतिक्रिया। मौन से जो आएगा, वही आपकी मौलिक क्रिया है, वह फ्रेश है, तेज है, ताजा है। वह आपकी सीधी संवाद सूची है। जो आपको बोलना है, आपका देवता भी वही बोलनेवाला है। इसके बाद कोई ऐसी चिंता बचती ही नहीं है कि 'क्या अच्छा क्या बुरा... कैसा निर्णय लेना है... मेरा क्या होगा... मेरा भविष्य कैसा होगा... शादी होगी या नहीं... अच्छी बीवी मिलेगी या नहीं... बच्चे साथ देंगे या नहीं... वगैरह।' इंसान के पास ऐसी ही कई चिंताएँ होती हैं। आपको इन चिंताओं को लादकर नहीं चलना है बल्कि समर्पण करना है।

घुटनों के बल चलनेवाले ईश्वर की बात पढ़कर लोग नाराज़ हो सकते हैं। लेकिन एकनाथ ने किसी को नाराज़ करने के लिए ऐसा नहीं कहा था। फिर भी उनके जीवन में कई निंदक तैयार हो गए और उनकी निंदा करते रहे कि 'न जाने यह कैसा इंसान है, कैसा भक्त है, कैसा गुरु है, जो देववाणी का अपमान करता है।' उनके निंदक उनके बारे में लगातार कुछ न कुछ ऐसा-वैसा कहते रहते थे ताकि जो उनकी बात सुनें, वे एकनाथ के पास जाना बंद कर दें।

जो चोट खाया हुआ इंसान है, जो द्वेष से भरा हुआ है, वह तो यही चाहेगा कि 'मैं कुछ ऐसा बोलूँ ताकि लोग उनके पास न जाएँ।' ऐसे लोगों को मालूम नहीं होता कि यह सब करके वे दरअसल सेवा ही कर रहे हैं। एकनाथ महाराज के निंदकों को भी यह पता नहीं था कि एकनाथ उनकी

बातों को कैसे लेते हैं और इन सारे दृश्यों को किस नज़रिए से देखते हैं। इससे आपको यही सीखना है कि अगर कोई आपकी निंदा कर रहा है तो आपको स्वयं निंदा से मुक्त रहना है। गुरु आज्ञा में इतना सामर्थ्य है कि आप निंदा से मुक्त हो सकते हैं। लोग पुस्तकों में लिखते हैं कि एकनाथ महाराज ने फलाँ बात कही लेकिन कई बार पुस्तक लिखनेवाले को ही पता नहीं होता कि उस बात का अर्थ क्या है। ये बातें दरअसल उलटबासियाँ हैं, विरोधाभासी शब्द हैं, जो एकनाथ ने बोले हैं। अगर आप उनके अर्थ में जाएँगे तो पाएँगे कि अर्थ इतना गहरा है कि उसके पता चलते ही बात समाप्त हो जाती है। इसके बाद सिर्फ समर्पण ही बचता है।

एकनाथ ने घुटने के बल चलनेवाले देवता के बारे में जो कहा, उसमें ध्यान देनेवाली बात यह है कि उन्होंने इस पंक्ति में 'बल' शब्द का उपयोग किया है। जिसका अर्थ है, आपके घुटनों का बल। यहाँ देवताओं के घुटनों की बात नहीं हो रही है। ईश्वर के घुटने, हाथ, पैर या मुँह नहीं होता। ईश्वर किसी आकार या आकृति में सीमित नहीं है। इसलिए एकनाथ ने ईश्वर के घुटनों की नहीं बल्कि आपके घुटनों की बात की है। असल में जो कुछ भी है, सब ईश्वर का ही तो है... या यूँ कहें कि सब कुछ ईश्वर का है या कुछ भी ईश्वर का नहीं हैं... या सारे घुटने ईश्वर के हैं या कोई घुटना ईश्वर का नहीं है...। ये सारे शब्द इस बात को बताने का एक तरीका मात्र हैं। जब आपको यह तरीका समझ में आ जाएगा तब आप एकनाथ महाराज द्वारा कहे गए वाक्य का असली अर्थ भी समझ पाएँगे और उसे पूरी तरह से ग्रहण भी करेंगे।

26
संत ज्ञानेश्वर से मिली आज्ञा

एक दिन संत ज्ञानेश्वर ने सपने में आकर दबी-दबी आवाज़ में एकनाथ महाराज से कहा कि 'मेरी समाधि पर अजान वृक्ष की एक जड़ मेरी गर्दन तक आ गई है, तुम उसका निवारण करो।' एकनाथ महाराज ने नींद में ही पूछा, 'आपको क्या हुआ है? आपकी आवाज़ क्यों नहीं निकल रही है?' तब संत ज्ञानेश्वर ने उन्हें फिर से बताया कि 'अजान वृक्ष की जड़ मेरी समाधि में रुकावट बनी है, तुम उसे दूर करो।'

उपरोक्त संवाद पढ़कर हो सकता है कि आप सोचें कि क्या मृत्यु के बाद भी संत ज्ञानेश्वर अपनी देह में अटके हुए थे? इसे समझें कि एकनाथ महाराज को सपने के द्वारा संत ज्ञानेश्वर से एक आज्ञा मिली। यह सपनों की भाषा है, जो वास्तविकता से अलग होती है। सपनों में होनेवाली बातें वैसी नहीं होतीं, जैसी हम असल जिंदगी में करते हैं। क्योंकि नींद में इंसान अलग अवस्था में होता है इसलिए वहाँ उसकी भाषा अलग हो जाती है। यही कारण है कि लोग अकसर जो सपने देखते हैं, उन्हें समझ नहीं पाते।

संत एकनाथ के इस सपने का यह अर्थ कतई नहीं था कि संत ज्ञानेश्वर तकलीफ में थे। दरअसल संत ज्ञानेश्वर एकनाथ महाराज से दूसरा महत्वपूर्ण कार्य कराना चाहते थे। समाधि से पेड़ की जड़ हटाने का कार्य उन्होंने एकनाथ महाराज को इसलिए दिया ताकि यह जाना जा सके कि आगे एकनाथ को जो मुख्य कार्य दिया जानेवाला है, उनका शरीर उस कार्य को करने की पात्रता रखता है या नहीं। इसलिए वे एकनाथ महाराज को परखने की कोशिश कर रहे थे।

जब आप किसी से कोई महत्वपूर्ण कार्य करवाना चाहते हैं तो पहले यह सुनिश्चित करते हैं कि वह उस काम को कर पाएगा या नहीं। क्योंकि अगर नाकाबिल इंसान को काम दे दिया गया तो हो सकता है कि वह काम की जिम्मेदारी तो ले लेकिन फिर कुछ दिन बाद आकर कहे कि 'मुझसे वह काम नहीं हो पाया।' जबकि इतने दिनों तक आपको लग रहा था कि वह काम को पूरा करने में जुटा है। वास्तविकता यही है कि संसार में बोलनेवाले बहुत है। अगर उनसे आप कुछ भी करने को कहेंगे, वे तुरंत तैयार हो जाएँगे लेकिन जब कार्य करने की बारी आएगी तो पीछे हट जाएँगे। जैसे सोचें कि यदि संत ज्ञानेश्वर आपके सपने में आकर आपको कोई कार्य करने को कहें तो क्या आप उसे कर पाएँगे और वह भी कोई छोटा-मोटा कार्य नहीं बल्कि कोई बड़ा कार्य?

योग्यता की परीक्षा

इंसान आज्ञा में उतर पाए, इसके लिए उसकी योग्यता की परीक्षा होना भी जरूरी होता है। एकनाथ महाराज की योग्यताओं की भी कई बार परीक्षाएँ हुईं, कुछ निंदकों के द्वारा और कुछ गुरु जनार्दन स्वामी के द्वारा। संत ज्ञानेश्वर ने भी उनकी योग्यता की परीक्षा ली। इसीलिए उन्होंने एकनाथ महाराज के सपने में आकर उन्हें अपनी समाधि खुदवाने का कार्य सौंपा। एकनाथ ने भी उस कार्य को पूरा महत्त्व दिया और यह नहीं सोचा कि 'यह तो सिर्फ एक सपना था, इस पर काम करने की क्या जरूरत है।'

एकनाथ ने संत ज्ञानेश्वर के कहे अनुसार उनकी समाधि खुदवाई

यानी उनके द्वारा क्रिया की गई। जब संत एकनाथ ने यह क्रिया की तो यात्रा भी की।

संत एकनाथ को तो काम ही ऐसा मिला था कि उन्हें दूसरी जगह जाकर संत ज्ञानेश्वर की समाधि की जगह खुदवानी थी। यह ऐसा कार्य था, जहाँ लोग उन्हें यह सब करते देख यह पूछनेवाले थे कि 'यह क्या कर रहे हो, इससे भला क्या लाभ होनेवाला है? हमें तो कोई फायदा नहीं दिख रहा है।' लेकिन इसके बावजूद संत एकनाथ ने पंढरपूर से आळंदी जाकर यह कार्य पूरा किया। इसके बाद उन्हें वह असली आदेश मिला, जिसके लिए उनसे यह सब करवाकर उनकी पात्रता को परखा जा रहा था।

ज्ञानेश्वरी का पुर्नलेखन

संत ज्ञानेश्वर द्वारा लिखा गया 'ज्ञानेश्वरी' एक गूढ़ ग्रंथ था। उसकी नकल करके नई प्रति बनाना कोई आसान कार्य नहीं था। लेकिन जब लोगों ने उसकी कई हस्तलिखित नकलें बनाई थीं तो उसमें कई सारी गलतियाँ की गई थीं। नकल करके नई प्रति बनानेवालों को अगर कोई शब्द समझ में नहीं आता तो वे उसकी जगह कोई और शब्द लिखकर आगे बढ़ जाते। जिससे ज्ञानेश्वरी में होनेवाली गलतियों की संख्या लगातार बढ़ती जा रही थी। एकनाथ महाराज के रूप में करीब पौने तीन साल बाद एक ऐसा शरीर (मनोशरीर यंत्र) तैयार हुआ था, जो 'ज्ञानेश्वरी' के शुद्धिकरण के कार्य को पूरा कर सकता था।

आजकल तो कंप्यूटर पर सब कुछ लिखा जाता है, फिर भी लोग गलत लिख देते हैं, जबकि उस समय तो हाथ से लिखी हुई नकल हुआ करती थी। इसलिए संत ज्ञानेश्वर कोई ऐसा इंसान चाहते थे, जो उनकी ज्ञानेश्वरी को एक साथ संकलित करके सही शब्दों में फिर से लिखे। इसीलिए संत एकनाथ को यह आदेश दिया गया था कि 'ज्ञानेश्वरी की जितनी भी नकलें या प्रतियाँ उपलब्ध हैं, उन सबको इकट्ठा करके एक ऐसी शुद्ध प्रति बनाओ, जिसमें कोई गलती न हो।' ताकि लोग फिर से उसे देखकर अपने लिए बिना गलतियोंवाली एक शुद्ध प्रति बना सकें।

ज्ञानेश्वरी का पुर्नलेखन करते हुए संत एकनाथ महाराज

एकनाथ जैसे संत को ढूँढ़ना मुश्किल काम है क्योंकि लोग केवल बड़ी-बड़ी बातें करते हैं मगर क्रिया नहीं कर पाते। लेकिन एकनाथ को जैसे ही आज्ञा मिली, उन्होंने तुरंत कार्य शुरू किया। हालाँकि संत ज्ञानेश्वर ने पहले उनकी पात्रता को परखा। उसके लिए संत ज्ञानेश्वर ने एकनाथ से समाधि का कार्य करवाया, उसके बाद उन्हें ज्ञानेश्वरी की शुद्ध प्रति बनवाने की आज्ञा दी। संत ज्ञानेश्वर ने अपने समाधि स्थान को एकनाथ से खुदवाया क्योंकि समय के साथ चीज़ें बदल जाती हैं। उस स्थान पर काफी पेड़-पौधे उग आए थे, जिससे लोग यह भूल ही चुके थे कि यहाँ पर संत ज्ञानेश्वर की समाधि है। संत एकनाथ ने ज्ञानेश्वर के समाधि स्थान को खुदवाकर, वहाँ पर साफ-सफाई करके फिर से लोगों

के मन में उस स्थान का महत्त्व जागृत किया। यह कार्य करना एक तरह की परीक्षा थी। जब आप किसी की पात्रता को परख रहे होते हैं तो जो पहला कार्य उसे देते हैं, वह वैसा कार्य नहीं होता, जो आपको वास्तव में कराना होता है। पहले कार्य से तो आप सिर्फ उसकी पात्रता परख रहे होते हैं कि यह असली कार्य करने के काबिल है या नहीं।

जैसे रामकृष्ण परमहंस के लिए स्वामी विवेकानन्द एक योग्य पात्र थे, उसी तरह जनार्दन स्वामी या संत ज्ञानेश्वर के लिए संत एकनाथ योग्य पात्र थे। संत एकनाथ अच्छी तरह समझते थे कि उन्हें कितनी बड़ी जिम्मेदारी का कार्य मिला है लेकिन वे इस जिम्मेदारी से खुश थे क्योंकि संत ज्ञानेश्वर के प्रति एकनाथ के अंदर पहले से ही श्रद्धा का भाव था। एकनाथ महाराज तैयार थे इसलिए उन्होंने ऐसे हर कार्य को अपने लिए आगे जाने का एक रास्ता बना लिया। ज्ञानेश्वरी की शुद्ध प्रति बनाते समय संत एकनाथ के अंदर ऐसा कोई विचार आया ही नहीं कि 'मुझे इस कार्य को करना चाहिए या नहीं।' उन्होंने तो बस पूरी लगन से वह कार्य पूरा कर दिया। इसके लिए उन्होंने लोगों के घर जा-जाकर ज्ञानेश्वरी की प्रतियाँ जमा कीं और उनका अध्ययन किया। इसके बाद उन्होंने बड़ी मेहनत से ज्ञानेश्वरी की एक ऐसी प्रति तैयार की, जिसमें कोई गलती नहीं थी। इतने कठिन और मेहनतवाले कार्य को वे इसीलिए कर सके क्योंकि उनके अंदर इसे करने की पात्रता थी। आज लोग ज्ञानेश्वरी की जिस प्रति को पढ़ते हैं, वह संत एकनाथ द्वारा बनाई हुई प्रति ही है।

पात्रता महत्त्व

संत एकनाथ के जीवन से आप समझ रहे हैं कि किसी की पात्रता कैसे तैयार होती है और पात्रता तैयार होने के बाद कैसे किसी शरीर से सेल्फ की अभिव्यक्ति होती है। आपको पता होना चाहिए कि आपका शरीर संपूर्ण प्रशिक्षण क्यों प्राप्त कर रहा है। आज भले ही यह प्रशिक्षण आपको महत्वपूर्ण न लग रहा हो लेकिन समय के साथ आपको पता चलेगा कि ऐसे प्रशिक्षित शरीर के माध्यम से ही सेल्फ अपनी उच्चतम अभिव्यक्ति करना चाहता है।

दरअसल अगर इंसान में स्पष्टता हो तो वह तेजस्थान से आनेवाले विचारों को जगह देता है और उनके लिए समर्पित हो जाता है। फिर वह बीच में कोई बाधा नहीं डालता। वरना आमतौर पर लोगों का जीवन ऐसा होता है कि वे लगातार कलाबाजियाँ खा रहे होते हैं। वे कभी इस बात की शिकायत करते हैं तो कभी उस बात की, कभी यह बहाना बनाते हैं, तो कभी वह बहाना। अधिकतर लोगों के जीवन में यह सब इतना अधिक हो रहा होता है कि उनके जीवन से सहजता गायब ही हो जाती है। जिससे उनका मन कभी सहज नहीं रहता और हमेशा चिंता में लगा रहता है, मानो जीवन के सारे कार्य आज ही पूरे करने हों।

जबकि वास्तविकता यह है कि एक समय में सिर्फ एक ही कार्य अच्छी तरह पूरा हो सकता है। क्योंकि आपको एक ही कार्य पर पूरा फोकस करते हुए उसे सर्वश्रेष्ठ ढंग से करना होता है। जो काम करवाना है, वह कौन से शरीर को दिया जाए, यह पात्रता पहचानने का ही एक हिस्सा है। वरना अगर यूँ ही किसी को ज्ञानेश्वरी जैसा बड़ा ग्रंथ तैयार करने का काम दे दिया जाए तो वह बहाने बनाने लगेगा कि 'मुझसे यह काम कैसे होगा... इस तरह का काम मैंने पहले कभी नहीं किया... मुझ पर परिवार की जिम्मेदारी है... मैं ऑफिस में बहुत व्यस्त रहता हूँ... अभी तो मुझे घर खरीदना है... अभी बच्चों को विदेश भेजना है... अभी यह सब कैसे करूँ... अभी तो मुझे जीवन में बहुत कुछ करना है...' वगैरह। ऐसे लोग दुनियाभर के लोगों के सामने पहले से ही ऐसी कई घोषणाएँ करके रखते हैं और फिर उसी के तनाव में जीते रहते हैं।

दरअसल ऐसे इंसान को यह पता ही नहीं होता कि यूरेका कर्म या प्रेरित कर्म क्या होता है– ये ऐसे विचार होते हैं जिनके आते ही स्वतः शरीर से कार्य होने लगता है। इंसान यह नहीं जानता इसलिए वह हमेशा तनाव में रहता है। ऐसे तनाववाला शरीर ईश्वर के कार्य करने के लिए पात्र नहीं होता। इसके लिए पहले उसे ज्ञान प्राप्त करना होता है, जीवन के उन नियमों को समझना होता है, जिन पर जीवन की सारी चीज़ें आधारित होती हैं। भले ही आप तनाव में रहें या बिना तनाव के रहें, कार्य तो उसी

तरह होंगे, जैसे होते हैं। इसलिए इन सब चीज़ों को साक्षी होकर देखें। जब आप ऐसा करेंगे तो ये सारे कार्य और सहजता से होंगे और उनका जो परिणाम आएगा, उसकी गुणवत्ता सामान्य से कहीं ज़्यादा होगी। इस उदाहरण से आपको यही समझ लेनी है कि एक समय में आपको एक ही काम पर अपना ध्यान केंद्रित करना है।

यह जरूरी है कि जिस इंसान को कार्य करने के लिए दिया जा रहा है, वह वैसी गुणवत्ता ला पाए। इसीलिए संत एकनाथ को ज्ञानेश्वरी ग्रंथ शुद्धतम रूप में लाकर उसकी गुणवत्ता बढ़ाने का काम दिया गया था। यह कार्य ही ऐसा था, जिसके लिए एक ऐसे शरीर की जरूरत थी, जो वर्तमान में जीता हो और जिसे पता हो कि यह उसी देवता का कार्य है, जो आपके जीवन में घुटनों के बल चलता है।

27
एकनाथ का संतुष्ट जीवन

एक बार एक इंसान एकनाथ महाराज के पास आया और उसने पूछा कि 'मेरे जीवन में बहुत अशांति रहती है, मुझे बहुत काम करना पड़ता है, फिर भी काम पूरे नहीं होते, बस चिड़चिड़ होती रहती है लेकिन आप इतने संतुष्ट और शांत कैसे रहते हैं?' यह सुनकर एकनाथ ने कहा कि 'यह सब बातें छोड़ो और याद रखो कि एक सप्ताह बाद तुम मरनेवाले हो।'

एकनाथ महाराज की यह बात सुनकर वह इंसान घबरा गया और वहाँ से फौरन चला गया। फिर आठ दिन बाद वह वापिस एकनाथ के पास आया और बोला कि 'आज तो मैं मरनेवाला हूँ तो अब आप ही बताएँ कि मुझे क्या करना चाहिए।' यह सुनकर एकनाथ ने कहा, 'देखो मेरे पास ऐसी कोई सिद्धि नहीं है कि मैं तुम्हें यह बता सकूँ कि तुम कब मरनेवाले हो। तुम आठ दिनों में मरनेवाले हो, ऐसा मैंने तुमसे इसलिए कहा था ताकि तुम देख सको कि जीवन कैसे जीया जाता है। अब तुम मुझे बताओ कि पिछले आठ दिनों में तुम कितने बार चिड़चिड़ाए, कितने

बार परेशान हुए और कितने बार दूसरों ने तुम्हारा दिल दुखाया?'

उस इंसान ने जवाब दिया कि 'ऐसा तो कुछ हुआ ही नहीं क्योंकि मुझे तो हर पल यही लग रहा था कि अब तो मैं मरने ही वाला हूँ इसलिए जो भी जरूरी कार्य थे, वे मैंने किसी तरह पूरे कर लिए। जिनसे माफी माँगनी थी, उनसे जाकर माफी माँग ली और घरवालों के लिए सारे जरूरी इंतजाम भी कर दिए ताकि मेरे जाने के बाद भी वे आराम से रह सकें।'

इस पर एकनाथ महाराज ने कहा कि 'यही तुम्हारे सवाल का जवाब है। जिस तरह तुम पिछले आठ दिन जीए, साधुओं का पूरा जीवन ऐसा ही होता है।' यहाँ साधु का अर्थ है, एक सरल और सीधा इंसान।

कुछ लोग ऐसे होते हैं, जो हमेशा काम करने से बचना चाहते हैं और काम न करने के कई बहाने बनाते रहते हैं। जैसे कुछ ऑफिसों के लोग काम करने से बचते हैं। जब वे ऐसा करते हैं, तो उन्हें भी इस बात की संतुष्टि मिलती है कि उन्हें मेहनत नहीं करनी पड़ी। लेकिन यह ऐसी संतुष्टि है, जो ज़्यादा देर तक नहीं टिकती। समस्या यह है कि लोग इस बात को समझ ही नहीं पाते। वे इस अस्थाई संतुष्टि की तलाश में अस्थाई चीज़ों को ही अपना लक्ष्य समझ लेते हैं, जबकि वह तो लक्ष्य है ही नहीं। लक्ष्य तो वह स्थाई संतुष्टि है, जो हमेशा बनी रहती है।

एकनाथ महाराज के जीवन में स्थाई संतुष्टि तब तक बनी रही, जब तक उन्होंने देह नहीं त्याग दी। आपको भी ऐसी ही स्थाई संतुष्टि हासिल करनी है। यही आपका असली लक्ष्य है। ऐसा नहीं है कि यह लक्ष्य बहुत बड़ा या असंभव है। एक बार आप इस बात को समझ जाएँगे तो कर्म से डरना बंद कर देंगे और ऐसी बातों में नहीं उलझेंगे कि 'मुझसे यह कार्य हो पाएगा या नहीं, मैं कर पाऊँगा या नहीं।' क्योंकि तब आप जान चुके होंगे कि समर्पित होने से बड़े से बड़े कार्य भी पूरे हो जाते हैं, बस इसके लिए यह ज़रूरी है कि जो भी कार्य सामने आए, उसमें अपनी ओर से सर्वश्रेष्ठ प्रयास करना आरंभ करें।

जब आपके पास कई सारे काम होते हैं तो आप उन्हें एक साथ

देखकर घबरा जाते हैं लेकिन धीरे-धीरे निरंतर प्रयास करने से बड़े से बड़े कार्य भी पूरे हो जाते हैं और आप नई ऊँचाइयाँ छू लेते हैं। जो चीज़ें पहले आपके लिए समझनी बहुत मुश्किल थीं, आज उन्हें समझना आपके लिए बहुत आसान है।

समर्पित होकर कार्य करने का आनंद

एक ओर जहाँ तेरहवीं शताब्दी में संत ज्ञानेश्वर और संत नामदेव हुए, वहीं सत्रहवीं शताब्दी में संत तुकाराम और समर्थ गुरु रामदास हुए। इन दोनों के बीच के काल यानी सोलहवीं शताब्दी में संत एकनाथ हुए और उन्होंने इन दोनों के बीच में एक पुल का काम किया। इसके अलावा संत एकनाथ ने संत ज्ञानेश्वर की आज्ञा मानकर उनका कार्य भी पूरा किया यानी उन्होंने सिर्फ बातें ही नहीं कीं बल्कि कर्म करके भी दिखाया।

उन्होंने जो भी किया, उसके पीछे उनकी सोच यह थी कि 'मुझसे ये काम कैसे कराए जाएँगे, मैं उसमें छिपा आश्चर्य देखना चाहता हूँ।' जब आप इस समझ के साथ स्वयं को समर्पित करते हैं तो कुदरत (अदृश्य) से इसका आदेश जाता है और कुदरत से ही सारा इंतजाम भी हो जाता है और इस तरह आपकी यात्रा सुखद बन जाती है।

आप जिस सड़क से गुज़रते हैं, उस पर पहले कितनी दुर्घटनाएँ हो चुकी हैं, यह आपको पता भी नहीं होता। इसीलिए आप कहते हैं कि 'मैं तो उस सड़क से गुज़रा था, मुझे तो कुछ नहीं हुआ, वहाँ तो कोई गड़बड़ थी ही नहीं।' आपके लिए ऐसी सुखद स्थिति कैसे बनी और अदृश्य में किन-किन चीज़ों ने आपकी मदद की, यह आपको पता ही नहीं होता है।

एक बार अगर आपने एकनाथ महाराज की तरह समर्पित होना और कुदरत को अपने जीवन में कार्य करने का मौका देना सीख लिया तो सारे कार्य स्वतः ही होने लगेंगे। धीरे-धीरे कुदरत के कार्य करने के इस तरीके पर आपका यकीन बढ़ता जाएगा। इसके बाद आप निश्चिंत होकर जीवन जीएँगे।

28
अंतिम समय

गंगा नदी हिमालय से समुद्र तक पहुँचने के लिए निकलती है। वह जहाँ-जहाँ से निकलती है, लोगों के बहुत से कष्ट दूर करते हुए निकलती है। गंगा के कारण पूरे रास्ते पेड़-पौधों और वन्य जीवन का विकास होता है, लोगों की पानी की जरूरत पूरी होती है, न जाने कितने लोगों को आजीविका का साधन मिलता है और न जाने कितने लोग उसमें नहाकर अपने पाप धोते हैं। यह सब सिर्फ गंगा से बहने से होता है। इसके लिए उसे कुछ करना नहीं पड़ता। अब अगर आप गंगा नदी से कहेंगे कि 'आप तो महान हैं, आपने यह कार्य किया, वह कार्य किया।' तब वह आपसे यही कहेगी कि 'मैं तो बस समुद्र से मिलने जा रही हूँ।'

इसी तरह सूरज पृथ्वी को प्रकाश व ऊर्जा देता है और पृथ्वी उसके चारों ओर चक्कर लगाती है। सूरज का प्रकाश पृथ्वी के जिस हिस्से में पहुँच रहा होता है, वहाँ सूरजमुखी से लेकर कमल और गुलाब तक, तरह-तरह के फूल खिल रहे होते हैं। यह सब स्वत: ही हो रहा होता है

और यहाँ कोई यह नहीं सोच रहा होता कि 'फलाँ-फलाँ फूल खिलाना है।' बस सूरज द्वारा प्रकाश और ऊर्जा देने की प्रक्रिया में ही यह सब हो जाता है।

जिस तरह सूरज और गंगा नदी अपना जीवन जीते हैं और उनके जीवन की प्रक्रिया से ही बहुत कुछ हो जाता है, उसी तरह संतों और महापुरुषों का जीवन होता है। उनके जीवन से ही कई लोगों का कल्याण होता है। जब आप महापुरुषों के जीवन की कहानियाँ सुनते हैं तो आपको पता चलता है कि उन्होंने कैसे अपना जीवन जीया है। आज भी ऐसे कई घर हैं, जहाँ लोग प्रेम, आनंद, मौन के साथ जीवन जीते हैं और वहाँ चमत्कार भी होते हैं। संत एकनाथ महाराज का जीवन भी ऐसा ही प्रेम, मौन, आनंद और भक्ति के साथ जीया हुआ जीवन है। अपने जीवन में उन्होंने मराठी भाषा में कई ग्रंथों की रचना की, जिनका लाभ सदियों बाद आज भी लोग ले रहे हैं।

संत एकनाथ ने अपने देहांत के समय अपने एक कम पढ़े-लिखे शिष्य गाओबा को अपना अंतिम ग्रंथ 'भावार्थ रामायण' के हस्तलिखित पेपर दिए। इस ग्रंथ को संत एकनाथ ही तैयार कर रहे थे लेकिन वे उसे पूरा नहीं कर पाए थे। वह ग्रंथ शिष्य को देते हुए एकनाथ ने कहा कि 'अब तुम इसे पूरा करना।' जैसा एकनाथ के साथ हुआ था, वैसा ही उन्होंने अपने शिष्यों के साथ भी किया। बाद में गाओबा ने भावार्थ रामायण इस ग्रंथ को पूरा भी किया। उस समय गुरु-शिष्य की परंपरा ही ऐसी थी कि आज्ञा मिलते ही कार्य शुरू कर दिया जाता था और यह सब सोचने में समय नहीं गँवाया जाता था कि 'यह हो पाएगा या नहीं या हमें भाषा का पूरा ज्ञान है या नहीं वगैरह।'

आज लोग उस समय तैयार की गई पुस्तकें पढ़कर ज्ञान प्राप्त करते हैं। चूँकि एकनाथ मराठी भाषा में ज्ञान दे रहे थे, जबकि उस समय ज्ञान की भाषा संस्कृत थी इसलिए कई लोगों ने उनका विरोध भी किया। एकनाथ स्वयं ब्राह्मण होकर महार जाति के लोगों को भी आदर देते थे, जिन्हें अछूत माना जाता था। यही कारण था कि ब्राह्मण समाज के कई

लोग उनसे नाराज़ रहने लगे थे। ऐसे लोगों को एकनाथ का कोई भी कार्य स्वीकार नहीं होता था इसीलिए एकनाथ के निंदकों की भी कमी नहीं थी। वे अकसर यह सवाल पूछा करते थे कि 'एकनाथ को ऐसा कौन सा गुरु मंत्र मिल गया है कि वह ऐसी ज्ञान की बातें करने लगा है, जिससे लोग कर्म मार्ग से दूर हट रहे हैं और नामस्मरण करते हुए भक्ति में जीवन जी रहे हैं?' एकनाथ के निंदकों को डर था कि उनकी शिक्षाओं से आम आदमी भ्रमित हो जाएगा। इसीलिए उनका मानना था कि यह सब बंद होना चाहिए वरना समाज का विकास रुक जाएगा। लेकिन एकनाथ के जीवित रहते उनके निंदकों के कोई इरादे पूरे नहीं हो पाए।

संत एकनाथ महाराज ने अपने जीवन से यह दिखाया कि मृत्यु से पूर्व मरकर, मृत्यु के बाद का जीवन पृथ्वी पर ही कैसे जिया जाता है। तेज जीवन वह है, जिसकी कोई मृत्यु नहीं होती। संसार में एकनाथ महाराज का नाम सदियों से इसलिए लिया जा रहा है क्योंकि उन्होंने वह जीवन इस धरती पर जिया। मृत्यु से पूर्व मरकर, देह की मृत्यु नहीं होती है तो फिर सवाल उठता है कि 'यह किसकी मृत्यु है?' वास्तव में यह उसकी मृत्यु है, जो कभी था ही नहीं। वह नकली मैं, अहंकार था।

संत एकनाथ का जीवन सन 1533 में शुरू होकर और 1599 में समाप्त हुआ। उस समय उनकी देह गोदावरी के किनारे थी। लोगों ने वह प्रसंग देखा, जहाँ पहले से ही मृत्यु की घोषणा हो चुकी थी। लोगों ने बड़ी तादाद में वहाँ आकर उत्सव मनाया। लेकिन मृत्यु से पूर्व ही कौन मर गया था, यह बात लोग नहीं जानते। लोगों को जब तक शब्दों में बताया नहीं जाता, तब तक उन्हें समझ में नहीं आता। इंसान की बुद्धि में इतनी ताकत नहीं होती कि वह ऐसी बातें सोच पाए। लोग बुद्धि की ताकत का इस्तेमाल खुद को उलझाने में और द्वंद पैदा करने में करते हैं कि 'ऐसा क्यों हो गया, वैसा क्यों हो गया' वगैरह-वगैरह। लेकिन बुद्धि को जब भक्ति मिलती है तो यह बुद्धि कुछ ऐसी बातें भी समझ सकती है, जिन्हें समझना बुद्धि के लिए, यहाँ तक कि विज्ञान के लिए भी नामुमकिन है। मृत्यु से पूर्व जो मर गया, वह एकनाथ नहीं था बल्कि जो प्रकट हुआ, वह था एकनाथ। जो सदा से था... है... और रहेगा...।

परिशिष्ट

29
एकनाथ का साहित्य

संत ज्ञानेश्वर, संत नामदेव, संत एकनाथ और संत तुकाराम इन चार खंभों पर ही महाराष्ट्र की भक्ति पंथ की द्वारका खड़ी है। संत एकनाथ ने अपने ग्रंथों से भक्ति का महत्त्व लोगों को बताया।

चतुःश्लोकी भागवत

एकनाथ महाराज द्वारा रचित पहला ग्रंथ था 'चतुःश्लोकी भागवत'। अपनी तीर्थ यात्रा के शुरुआत में त्र्यंबकेश्वर में अपने गुरु जनार्दन स्वामी के सामने ही एकनाथ ने इस ग्रंथ की रचना की थी। दरअसल एकनाथ महाराज का हर ग्रंथ उनके अनुभव से रंगा हुआ है। कीर्तन और ललित कला के अवसरों पर एकनाथ महाराज के मुख से जो अभंग अनायास ही निकल पड़ते थे, ऐसे सहस्रों अभंगों का उल्लेख उनके ग्रंथों में किया गया है।

रुक्मिणी स्वयंवर

एकनाथ के सबसे लोकप्रिय ग्रंथ 'रुक्मिणी स्वयंवर' और 'एकनाथी भागवत' हैं। काशी में रहकर ही एकनाथ ने इन दोनों ग्रंथों का लेखन कार्य पूर्ण किया। वारकरी संप्रदाय के भक्तगण 'रुक्मिणी स्वयंवर' का नित्य पाठ करते हैं। इस ग्रंथ में श्रीकृष्ण और रुक्मिणी के विवाह की रोचक कथा है और श्रीकृष्ण की कथा होने से भक्तों को यह ग्रंथ अधिक प्रिय है। इस ग्रंथ में संत एकनाथ ने श्रीकृष्ण और रुक्मिणी के मिलन प्रसंग को बड़ा अर्थपूर्ण बनाया है। रुक्मिणी स्वयंवर में संत एकनाथ का काव्य कौशल्य और उनकी भाषा का प्रभुत्व दिखाई देता है।

एकनाथी भागवत

'एकनाथी भागवत' ग्रंथ वारकरी संप्रदाय के प्रमुख ग्रंथों में से एक है। आम लोगों को समझ में आनेवाली भाषा में इस ग्रंथ का लेखन किया गया है। श्रीकृष्ण ने अर्जुन से जो गीता कही उसका संत ज्ञानेश्वर ने मराठी में भाषांतर करके 'ज्ञानेश्वरी' ग्रंथ बना। उसी प्रकार श्रीकृष्ण ने उद्धव को उपदेश दिया, जो उद्धवगीता बताई गई, उसका संत एकनाथ ने मराठी में भाषांतर किया। वही 'एकनाथी भागवत' ग्रंथ है।

सद्गुरु किसे कहना चाहिए, इसका वर्णन एकनाथ महाराज ने अपने इस ग्रंथ में इस प्रकार किया है - जो शब्द ज्ञान में पारंगत है, ब्रह्मानंद में जो सदा झूमता रहता है, शिष्य को आत्मभाव का बोध करा देने में जो समर्थ है, देह में रहते हुए भी जिसमें देह का अहंकार नहीं है, घर में रहकर भी घर की आसक्ति नहीं है, लोगों के बीच जो लोगों के समान ही सुखपूर्वक रहता है, वेद-शास्त्र जानते हुए भी जो अपने ज्ञान का डंका नहीं पीटा करता और जो सदा अखंड शांति में रहता है उसी को सद्गुरु मूर्ति जानना चाहिए।

साधक का वर्णन एकनाथी भागवत में इस प्रकार किया गया है - सच्चे साधक वही हैं, जो सद्गुरु चरणों के अंकित हैं, जो गुरुवचन पर अपने आपको बेच चुके हैं, जो सद्गुरु के लिए अपना सर्वस्व दे चुके

हैं। जिससे अपने आपको दुःख होता है वैसा व्यवहार वे किसी प्राणी से कभी नहीं करते। जिससे अपने आपको सुख होता है, वैसा व्यवहार वे दीन जनों से करते हैं।

भावार्थ रामायण

'भावार्थ रामायण' यह एकनाथ महाराज के जीवन का अंतिम ग्रंथ है। इस ग्रंथ की गणना संसार के सर्वश्रेष्ठ ग्रंथों में की जाती है। भावार्थ रामायण में संत एकनाथ ने तुलनात्मक रूप से अनेक ग्रंथों के आधार पर प्रचुर मात्रा में ऐतिहासिक सामग्री भी दी है। रामकथा और ब्रह्मकथा अर्थात इतिहास और अध्यात्म इन दोनों का लाभ इस ग्रंथ से एक साथ होता है। इस ग्रंथ की रचना शैली भी निराली है। प्रभु रामचंद्र के व्यक्तित्व में आदर्श जीवन जीने की कला और सभी प्राणियों के प्रति समभाव एकनाथ महाराज ने इस ग्रंथ में बताया है। भगवान राम की कथा और परामर्श, दोनों के एक साथ दर्शन की इच्छा जिस प्रकार भावार्थ रामायण से पूरी होती है, वैसी किसी अन्य ग्रंथ में नहीं होती। यह ग्रंथ अवश्य ही एकनाथ महाराज के हाथों पूर्ण नहीं हुआ लेकिन उन्हीं की आज्ञा और लोगों के आग्रह से उनके शिष्य गाओबा ने पूर्ण किया।

इस प्रकार एकनाथ महाराज ने अपना संपूर्ण जीवन परोपकार में जीते हुए, कई ग्रंथों की रचना की और साहित्य जगत को समृद्ध किया।

30
संत ज्ञानेश्वर और एकनाथ में साम्यता

संत ज्ञानेश्वर ने समाधि लेने के पश्चात करीब 250-300 सालों के बाद संत एकनाथ आए। वैसे देखा जाए तो संत ज्ञानेश्वर और संत एकनाथ दोनों भी एक ही राह के मुसाफिर थे और दोनों के जीवन का लक्ष्य भी एक समान था। अपने जीवनकाल में संत ज्ञानेश्वर ने बिखरते समाज को अपने चिंतन, प्रज्ञा और प्रतिभा से संगटित किया। मराठी भाषा साहित्य के द्वारा प्राचीन संस्कृति और अध्यात्म को उन्होंने दसों दिशाओं में फैलाया।

संत एकनाथ ने संत ज्ञानेश्वर की समाधि का पुनः निर्माण का कार्य किया। इसके साथ ही उन्होंने ज्ञानेश्वरी ग्रंथ के शुद्धपाठ का कार्य और अमृतानुभव पर टीका भी लिखी। एकनाथ के दृष्टि से संत ज्ञानेश्वर का संदेश, भगवान का संदेश था। एकनाथ कहते हैं कि 'ज्ञानेश्वरी से मुझे जो सहज, सुंदर ज्ञान मिला है उसे ही मैंने लोगों तक पहुँचाया है।'

संत ज्ञानेश्वर और संत एकनाथ दोनों के चरित्र और व्यक्तित्व में बहुत समानता है। दोनों की माता का नाम रुक्मिणी था और दोनों को

ही अल्पायु में अपने माता-पिता के प्रेम से वंचित रहना पड़ा था। फिर भी संत ज्ञानेश्वर सारे संसार की माऊली कहलाते हैं और एकनाथ लोगों के प्रिय बने रहे। संसार द्वारा उपेक्षित किए हुए लोगों को दोनों ने गले से लगाया। दीन-हीन-लाचार जो स्नेह से वंचित थे उनके लिए प्रेम छत्र खड़ा किया। दोनों ने समस्त संसार को वाणी और कर्म से सुखमय बनाया। दोनों को विट्ठल भक्ति वंश परंपरा से मिली हुई थी। गुरु भक्ति पर अपार निष्ठा भी दोनों को जोड़नेवाला धागा है।

दोनों ने लोकभाषा के माध्यम से लोगों से सहज संवाद स्थापित किया। यह संवाद समाज के संघटन और उन्नति के लिए आवश्यक था। समाज का विरोध न करते हुए उसे साथ लेकर चलने की आदत दोनों में रही है। दोनों ने भी लोगों की मानसिकता और विचारों को बदलने का रास्ता अपनाया। संत ज्ञानेश्वर नाथ परंपरा से तो एकनाथ दत्त संप्रदाय से जुड़े हुए थे। फिर भी दोनों ने वारकरी संप्रदाय को समृद्ध करने में अपना जीवन व्यतीत किया।

संत ज्ञानेश्वर एकनाथ के लिए गुरु माऊली यानी 'ज्ञानाई' थे। अपने अभंग में वे कहते हैं, 'ज्ञानाबाई माझी अनाथाची माय, एका जनार्दनी पाय वंदितसे' अर्थात संत ज्ञानेश्वर हम अनाथों की माता हैं। एकनाथ उनके चरणों की वंदना करता है। एकनाथ द्वारा रचित ग्रंथों पर संत ज्ञानेश्वर के तत्वज्ञान और शैली का प्रभाव दिखाई देता है। संत एकनाथ द्वारा रचित अभंगों और भारूडों को पढ़ते समय पाठकों को निश्चित ही ज्ञानेश्वरी की याद आएगी। एकनाथी भागवत ग्रंथ तो ज्ञानेश्वरी का विस्तार ही है, ऐसा कहा जा सकता है। एकनाथ कहते हैं कि 'ज्ञानदेव मेरी माऊली है और वही एकनाथ की छाया है।'

आवडी सांगा जीवींचे आर्त। माऊली पुरवी की जाणोनि।।
वेदशास्त्र देती ग्वाही। म्हणती ज्ञानाबाई आई।।
ज्ञानाबाईच्या चरणी। शरण एका जनार्दनी।।

अर्थात जीव जब भावविभोर होकर कहते हैं तब माऊली सब जानकर मनोरथ पूर्ण करते हैं। वेद शास्त्र इसकी गवाही देते हैं, ऐसा

ज्ञानदेव माऊली कहते हैं। ऐसी ज्ञानदेव माता के चरणों पर एकनाथ अपना शीश नवाता है।

संत एकनाथ ने तन-मन-मुख से ज्ञानेश्वर को अपनाया था। उनकी विरासत को विषम परिस्थितियों में भी सँभालकर रखा। ग्रंथ लेखन, तत्व प्रतिपादन, हरि कीर्तन, तीर्थाटन, लोक संग्रह और पारंपारिक संवाद विशेष को एकनाथ ने धर्मशुद्धि आंदोलन का स्वरूप दिया। ज्ञानेश्वर और नामदेव द्वारा प्रतिष्ठित भक्ति तत्व एकनाथ के जीने और लेखन का कारण बन गया।

संत ज्ञानेश्वर की भाँति एकनाथ की भी गुरु भक्ति अनन्य साधारण थी। गुरु कृपा प्राप्त करना यह अध्यात्म जगत का अनिवार्य अंग रहा है। इसलिए गुरु परंपरा से ज्ञान प्राप्त करनेवाले जीवों का तारणहार गुरु ही हैं, इसमें कोई संदेह नहीं। भारतीय भूमि में गुरु तत्व की श्रेष्ठता को महत्वपूर्ण स्थान मिला है। संत एकनाथ ने भक्ति को महत्त्व प्रदान करते हुए खुद को गुरु का दास कहलाने में गर्व महसूस किया। ईश्वर के ऐसे सेवक को मोह, माया, ममता और संसार के अन्य बंधनों से सहज मुक्ति मिलती है।

संत एकनाथ के हिंदी पदों में ज्ञान भक्ति, कृष्ण भक्ति और राम भक्ति का त्रिवेणी संगम दिखाई देता है। इसलिए भी मध्ययुगीन भारतीय भक्ति साहित्य में संत ज्ञानेश्वर की तरह ही उनका भी स्थान महत्वपूर्ण है।

* * *

यह पुस्तक पढ़ने के बाद अपना अभिप्राय (विचार सेवा) इस पते पर भेज सकते हैं ... Tejgyan Global Foundation, Pimpri Colony Post office, P.O. Box 25, Pune - 411 017. Maharashtra (India).

सरश्री
अल्प परिचय

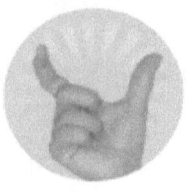

स्वीकार मंत्र मुद्रा

सरश्री की आध्यात्मिक खोज का सफर उनके बचपन से प्रारंभ हो गया था। इस खोज के दौरान उन्होंने अनेक प्रकार की पुस्तकों का अध्ययन किया। इसके साथ ही अपने आध्यात्मिक अनुसंधान के दौरान अनेक ध्यान पद्धतियों का अभ्यास किया। उनकी इसी खोज ने उन्हें कई वैचारिक और शैक्षणिक संस्थानों की ओर बढ़ाया। इसके बावजूद भी वे अंतिम सत्य से दूर रहे।

उन्होंने अपने तत्कालीन अध्यापन कार्य को भी विराम लगाया ताकि वे अपना अधिक से अधिक समय सत्य की खोज में लगा सकें। जीवन का रहस्य समझने के लिए उन्होंने एक लंबी अवधि तक मनन करते हुए अपनी खोज जारी रखी। जिसके अंत में उन्हें आत्मबोध प्राप्त हुआ। आत्मसाक्षात्कार के बाद उन्होंने जाना कि अध्यात्म का हर मार्ग जिस कड़ी से जुड़ा है वह है- समझ (अंडरस्टैण्डिंग)।

सरश्री कहते हैं कि 'सत्य के सभी मार्गों की शुरुआत अलग-अलग प्रकार से होती है लेकिन सभी के अंत में एक ही समझ प्राप्त होती है। 'समझ' ही सब कुछ है और यह 'समझ' अपने आपमें पूर्ण है। आध्यात्मिक ज्ञान प्राप्ति के लिए इस 'समझ' का श्रवण ही पर्याप्त है।'

सरश्री ने ढाई हज़ार से अधिक प्रवचन दिए हैं और सौ से अधिक पुस्तकों की रचना की हैं। ये पुस्तकें दस से अधिक भाषाओं में अनुवादित की जा चुकी हैं और प्रमुख प्रकाशकों द्वारा प्रकाशित की गई हैं, जैसे पेंगुइन बुक्स, हे हाऊस पब्लिशर्स, जैको बुक्स, हिंद पॉकेट बुक्स, मंजुल पब्लिशिंग हाऊस, प्रभात प्रकाशन, राजपाल अॅण्ड सन्स इत्यादि।

तेजज्ञान फाउण्डेशन – परिचय

तेजज्ञान फाउण्डेशन आत्मविकास से आत्मसाक्षात्कार प्राप्त करने का एक रास्ता है। इसके लिए सरश्री द्वारा एक अनूठी बोध पद्धति (System for Wisdom) का सृजन हुआ है। इस पद्धति को अन्तर्राष्ट्रीय मानक ISO 9001:2008 के आवश्यकताओं एवं निर्देशों के अनुरूप ढालकर सरल, व्यावहारिक एवं प्रभावी बनाया गया है।

इस संस्था की बोध पद्धति के विभिन्न पहलुओं (शिक्षण, निरीक्षण व गुणवत्ता) को स्वतंत्र गुणवत्ता परीक्षकों (Quality Auditors) द्वारा क्रमबद्ध तरीके से जाँचा गया। जिसके बाद इन पहलुओं को ISO 9001:2008 के अनुरूप पाकर, इस बोध पद्धति को प्रमाणित किया गया है।

फाउण्डेशन का लक्ष्य आपको नकारात्मक विचार से सकारात्मक विचार की ओर बढ़ाना है। सकारात्मक विचार से शुभ विचार यानी हॅपी थॉट्स (विधायक आनंदपूर्ण विचार) और शुभ विचार से निर्विचार की ओर बढ़ा जा सकता है। निर्विचार से ही आत्मसाक्षात्कार संभव है। शुभ विचार (Happy Thoughts) यानी यह विचार कि 'मैं हर विचार से मुक्त हो जाऊँ।' शुभ इच्छा यानी यह इच्छा कि 'मैं हर इच्छा से मुक्त हो जाऊँ।'

ज्ञान का अर्थ है सामान्य ज्ञान लेकिन तेजज्ञान यानी वह ज्ञान जो ज्ञान व अज्ञान के परे है। कई लोग सामान्य ज्ञान की जानकारी को ही ज्ञान समझ लेते हैं लेकिन असली ज्ञान और जानकारी में बहुत अंतर है। आज लोग सामान्य ज्ञान के जवाबों को ज्यादा महत्त्व देते हैं। उदाहरण के तौर पर– कर्म और भाग्य, योग और प्राणायाम, स्वर्ग और नर्क इत्यादि। आज के युग में सामान्य ज्ञान प्रदान करनेवाले लोग और शिक्षक कई मिल जाएँगे मगर इस ज्ञान को पाकर जीवन में कोई बड़ा परिवर्तन नहीं होता। यह ज्ञान या तो केवल बुद्धि विलास है या फिर अध्यात्म के नाम पर बुद्धि का व्यायाम है।

सभी समस्याओं का समाधान है तेजज्ञान। भय से मुक्ति, चिंतारहित व क्रोध से आज़ाद जीवन है तेजज्ञान। शारीरिक, मानसिक, सामाजिक, आर्थिक और आध्यात्मिक उन्नति के लिए है तेजज्ञान। तेजज्ञान आपके अंदर है, आएँ और इसे पाएँ।

यदि आप ऐसा ज्ञान चाहते हैं, जो सामान्य ज्ञान के परे हो, जो हर समस्या का समाधान हो, जो सभी मान्यताओं से आपको मुक्त करे, जो आपको ईश्वर का

साक्षात्कार कराए, जो आपको सत्य पर स्थापित करे तो समय आ गया है तेजज्ञान को जानने का। समय आ गया है शब्दोंवाले सामान्य ज्ञान से उठकर तेजज्ञान का अनुभव करने का।

अब तक अध्यात्म के अनेक मार्ग बताए गए हैं। जैसे जप, तप, मंत्र, तंत्र, कर्म, भाग्य, ध्यान, ज्ञान, योग और भक्ति आदि। इन मार्गों के अंत में जो समझ, जो बोध प्राप्त होता है, वह एक ही है। सत्य के हर खोजी को अंत में एक ही समझ मिलती है और इस समझ को सुनकर भी प्राप्त किया जा सकता है। उसी समझ को सुनना यानी तेजज्ञान प्राप्त करना है। तेजज्ञान के श्रवण से सत्य का साक्षात्कार होता है, ईश्वर का अनुभव होता है। यही तेजज्ञान सरश्री महाआसमानी शिविर में प्रदान करते हैं।

महाआसमानी शिविर (निवासी)

क्या आपको उच्चतम आनंद पाने की इच्छा है? ऐसा आनंद, जो किसी कारण पर निर्भर नहीं है, जिसमें समय के साथ केवल बढ़ोतरी ही होती है। क्या आप इसी जीवन में प्रेम, विश्वास, शांति, समृद्धि और परमसंतुष्टि पाना चाहते हैं? क्या आप शारीरिक, मानसिक, सामाजिक, आर्थिक और आध्यात्मिक इन सभी स्तरों पर सफलता हासिल करना चाहते हैं? क्या आप 'मैं कौन हूँ' इस सवाल का जवाब अनुभव से जानना चाहते हैं।

यदि आपके अंदर इन सवालों के जवाब जानने की और 'अंतिम सत्य' प्राप्त करने की प्यास जगी है तो तेजज्ञान फाउण्डेशन द्वारा आयोजित 'महाआसमानी शिविर' में आपका स्वागत है। यह शिविर पूर्णतः सरश्री की शिक्षाओं पर आधारित है। सरश्री आज के युग के आध्यात्मिक गुरु और 'तेजज्ञान फाउण्डेशन' के संस्थापक हैं, जो अत्यंत सरलता से आज की लोकभाषा में आध्यात्मिक समझ प्रदान करते हैं।

महाआसमानी शिविर का उद्देश्य :

इस शिविर का उद्देश्य है, 'विश्व का हर इंसान 'मैं कौन हूँ' इस सवाल का जवाब जानकर सर्वोच्च आनंद में स्थापित हो जाए।' उसे ऐसा ज्ञान मिले, जिससे वह हर पल वर्तमान में जीने की कला प्राप्त करे। भूतकाल का बोझ और भविष्य की चिंता इन दोनों से वह मुक्त हो जाए। हर इंसान के जीवन में स्थायी खुशी, सही समझ और समस्याओं को विलीन करने की कला आ जाए। मनुष्य जीवन का उद्देश्य पूर्ण हो।

'मैं कौन हूँ? मैं यहाँ क्यों हूँ? मोक्ष का अर्थ क्या है? क्या इसी जन्म में मोक्ष प्राप्ति संभव है?' यदि ये सवाल आपके अंदर हैं तो महाआसमानी शिविर इसका जवाब है।

महाआसमानी शिविर के मुख्य लाभ :

इस शिविर के लाभ तो अनगिनत हैं मगर कुछ मुख्य लाभ इस प्रकार हैं...

* जीवन में दमदार लक्ष्य प्राप्त होता है।
* 'मैं कौन हूँ' यह अनुभव से जानना (सेल्फ रियलाइजेशन) होता है।
* मन के सभी विकार विलीन होते हैं।
* भय, चिंता, क्रोध, बोरडम, मोह, तनाव जैसी कई नकारात्मक बातों से मुक्ति मिलती है।
* प्रेम, आनंद, मौन, समृद्धि, संतुष्टि, विश्वास जैसे कई दिव्य गुणों से युक्ति होती है।
* सीधा, सरल और शक्तिशाली जीवन प्राप्त होता है।
* हर समस्या का समाधान प्राप्त करने की कला मिलती है।
* 'हर पल वर्तमान में जीना' यह आपका स्वभाव बन जाता है।
* आपके अंदर छिपी सभी संभावनाएँ खुल जाती हैं।
* इसी जीवन में मोक्ष (मुक्ति) प्राप्त होता है।

महाआसमानी शिविर में भाग कैसे लें?

इस शिविर में भाग लेने के लिए आपको कुछ खास माँगें पूरी करनी होती हैं। जैसे -

१) आपकी उम्र कम से कम अठारह साल या उससे ऊपर होनी चाहिए।

२) आपको सत्य स्थापना शिविर (फाउण्डेशन ट्रुथ रिट्रीट) में भाग लेना होगा, जहाँ आप सीखेंगे- वर्तमान के हर पल को कैसे जीया जाए और निर्विचार दशा में कैसे प्रवेश पाएँ।

३) आपको कुछ प्राथमिक प्रवचनों में उपस्थित होना है, जहाँ आप बुनियादी समझ आत्मसात कर, महाआसमानी शिविर के लिए तैयार होते हैं।

यह शिविर साल में पाँच या छह बार आयोजित होता है, जिसका लाभ हज़ारों खोजी उठाते हैं। इस शिविर की तैयारी आगे दिए गए स्थानों पर कराई जाती है। पुणे, मुंबई, दिल्ली, सांगली, सातारा, जलगाँव, अहमदाबाद, कोल्हापुर, नासिक, अहमदनगर, औरंगाबाद, सूरत, बरोडा, नागपुर, भोपाल, रायपुर, चेन्नई, वर्धा, अम रावती, चंद्रपुर, यवतमाल, रत्नागिरी, लातूर, बीड, नांदेड, परभणी, पनवेल, ठाणे,

सोलापुर, पंढरपुर, अकोला, बुलढाणा, धुले, भुसावल, बैंगलोर, बेलगाम, धारवाड, भुवनेश्वर, कोलकत्ता, राँची, लखनऊ, कानपुर, चंदीगढ़, जयपुर, पणजी, म्हापसा, इंदौर, इटारसी, हरदा, विदिशा, बुरहानपुर।

आप महाआसमानी की तैयारी फाउण्डेशन में उपलब्ध सरश्री द्वारा रचित पुस्तकों, सी.डी. और कैसेटस् सुनकर कर सकते हैं। इसके अलावा आप टी.वी., रेडियो और यू ट्यूब पर सरश्री के प्रवचनों का लाभ भी ले सकते हैं मगर याद रहे, ये पुस्तकें, कैसेट, टी.वी., रेडियो और यू ट्यूब के प्रवचन शिविर का परिचय मात्र है, तेजज्ञान नहीं। आप महाआसमानी शिविर में भाग लेकर ही तेजज्ञान का आनंद ले सकते हैं। आगामी महाआसमानी शिविर में अपना स्थान आरक्षित करने के लिए संपर्क करें : **09921008060/75, 9011013208**

महाआसमानी शिविर स्थान

महाआसमानी महानिवासी शिविर 'मनन आश्रम' पर आयोजित किया जाता है। यह आश्रम पुणे शहर के बाहरी क्षेत्र में पहाड़ों और निसर्ग के असीम सौंदर्य के बीच बसा हुआ है। इस आश्रम में पुरुषों और महिलाओं के लिए अलग-अलग, कुल मिलाकर 700 से 800 लोगों के रहने की व्यवस्था है। यह आश्रम पुणे शहर से 17 किलो मीटर की दूरी पर है। हवाई अड्डा, हाइवे और रेल्वे से पुणे आसानी से आ-जा सकते हैं।

मनन आश्रम, पुणे, सर्वे नं. ४३, सनस नगर, नांदोशी गाँव, किरकट वाडी फाटा, तहसील - हवेली, जिला : पुणे - ४११०२४.
फोन : **09921008060**

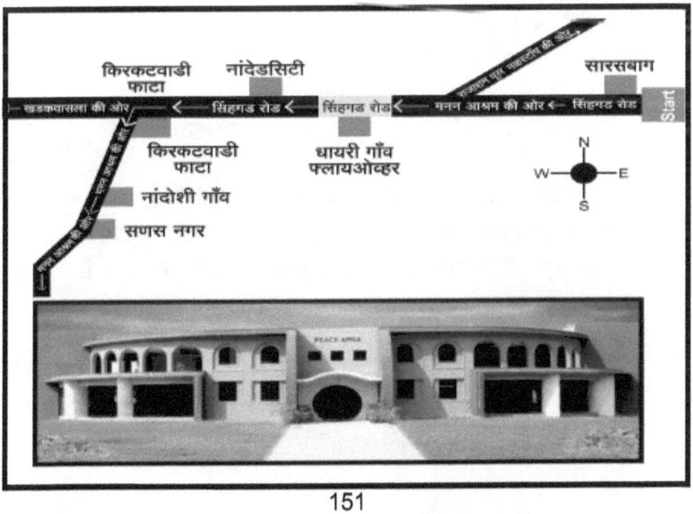

अब एक क्लिक पर ही शिविर का रजिस्ट्रेशन !

तेजज्ञान फाउण्डेशन की इन शिविरों के लिए
अब आप ऑनलाईन रजिस्ट्रेशन भी कर सकते हैं–

* महाआसमानी महानिवासी शिविर (पाँच दिवसीय निवासी शिविर)
* मैजिक ऑफ अवेकनिंग (केवल अंग्रेजी भाषा जाननेवालों के लिए तीन दिवसीय निवासी शिविर)
* मिनी महाआसमानी (निवासी) शिविर, युवाओं के लिए

रजिस्ट्रेशन के लिए आज ही लॉग इन करें

www.tejgyan.org

पुस्तकें प्राप्त करने के लिए नीचे दिए गए पते पर मनीऑर्डर द्वारा पुस्तक का मूल्य भेज सकते हैं। पुस्तकें रजिस्टर्ड, कुरियर अथवा वी.पी.पी. द्वारा भेजी जाती हैं। पुस्तकों के लिए नीचे दिए गए पते पर संपर्क करें।

WOW Publishings Pvt. Ltd.

* रजिस्टर्ड ऑफिस - इ- ४, वैभव नगर, तपोवन मंदिर के नज़दीक, पिंपरी, पुणे - ४११०१७
* पोस्ट बॉक्स नं. ३६, पिंपरी कॉलोनी पोस्ट ऑफिस, पिंपरी, पुणे - ४११०१७ फोन नं.: 09011013210 / 9623457873

आप ऑन-लाइन शॉपिंग द्वारा भी पुस्तकों का ऑर्डर दे सकते हैं।
लॉग इन करें - www.gethappythoughts.org
300 रुपयों से अधिक पुस्तकें मँगवाने पर १०% की छूट और फ्री शिपिंग।

सरश्री द्वारा रचित पुस्तकें

यह पुस्तक आपको भगवान बुद्ध के जीवन का रहस्य बताएगी। इस यात्रा में आप जानेंगे - * सिद्धार्थ कब और क्यों गौतम (खोजी) बने * गौतम की बोध प्राप्ति की यात्रा कैसे सफल बनी * बोध प्राप्ति के बाद भगवान बुद्ध की यात्राएँ कैसी थीं।

भगवान बुद्ध

इस पुस्तक में आपको नए शब्दों में भगवान महावीर की जीवनी और उनकी शिक्षाओं के बारे में बताया गया है। यदि आपने महावीरों की शिक्षाओं का असली अर्थ समझ लिया तो यह पुस्तक स्वबोध प्राप्ति के लिए यानी असली सत्य तक पहुँचने के लिए प्रेरणा बन सकती है।

भगवान महावीर

गुरु नानक का संपूर्ण जीवन ही ईश्वर की सराहना था, उसकी अभिव्यक्ति था। लोग आज भी उनकी शिक्षाओं का लाभ ले रहे हैं और उनके बताए मार्ग पर चल रहे हैं। यह पुस्तक पढ़कर आप गुरु नानकजी की जीवनी, कहानियाँ और सिखावनियों का अध्ययन कर, खुशी का खज़ाना प्राप्त कर सकते हैं।

सदगुरु नानक

जीज़स के जीवन द्वारा सीखने योग्य ऐसे कई बेहतरीन सबक हैं, जो हम सबके लिए प्रेरणा बन सकते हैं। इस पुस्तक द्वारा आप सत्य का ज्ञान, समझ और वहीं प्रेरणा प्राप्त कर सकते हैं।

जीज़स

इस पुस्तक में स्वामी विवेकानन्द और श्री रामकृष्ण परमहंस के जीवन की कुछ प्रेरक घटनाओं के अलावा एक-दूसरे के प्रति उनके प्रेम और आदर्शों के बारे में बताया गया है। यह पुस्तक आपको उस जुड़वाँ अनुभव से गुज़रने का मौका देगी, जहाँ गुरु और शिष्य 'दो शरीर और एक प्राण' बन जाते हैं।

स्वामी विवेकानन्द

सुंदर और सरल शैली में लिखी गई यह पुस्तक रामकृष्ण परमहंस और उनके शिष्यों के बीच हुई अनोखी बातचीत के पीछे छिपे गूढ़ ज्ञान को सहजता से सामने लाती है।

रामकृष्ण परमहंस

प्रस्तुत ग्रंथ में हमें उनके जीवन के विविध पहलू और विचारों का दर्शन होगा, जिससे हमें मनन-चिंतन करने की प्रेरणा मिलेगी। साथ ही तुकाराम महाराज के सुंदर अभंग, उनके अर्थ और मनन करने के लिए कुछ सवाल दिए गए हैं ताकि आपके अंदर भी प्रेम, भक्ति जगे और आपको मुक्ति से मुक्ति की राह सत्राह मिले।

संत तुकाराम महाराज

इस पुस्तक में आप संत ज्ञानेश्वर के जीवन से निकले कुछ सवा लाखी सवाल पाएँगे। जिन पर म नन करके आप अपने जीवन को सही दिशा दे सकते हैं, अपना आध्यात्मिक विकास कर सकते हैं, यहाँ तक कि आत्मसाक्षात्कार तक पहुँच सकते हैं।

संत ज्ञानेश्वर

इस पुस्तक द्वारा चाहे आप मीरा की अवस्था को न भी समझ पाएँ लेकिन पुस्तक पढ़कर भक्ति की एक किरण तो आप ज़रूर प्राप्त कर सकते हैं। सूर्य की एक किरण को पकड़कर सूर्य तक पहुँचा जा सकता है तो भक्ति की एक किरण को पकड़कर मीरा की प्रतिमा के आगे मीरा मंज़िल तक पहुँचा जा सकता है।

द मीरा

इस पुस्तक के पाँचवें खंड में संत कबीर की शिक्षाओं का विस्तार से वर्णन किया गया है। इसके साथ ही पहले चार खंडों में संत कबीर का बाल्यकाल, कबीर कौन, कबीर पर हुई गुरु कृपा और संत कबीर के सांसारिक जीवन को विस्तारित किया गया है।

संत कबीर

In Print

इस पुस्तक में आप पढ़ेंगे -

* बिना नाराज़ हुए राज़ जानने का मार्ग
* गुरुत्त्व और गुरु तत्त्व आकर्षण का रहस्य
* वृत्तियों से मुक्ति का ज्ञान
* जीवन के पाँच महत्वपूर्ण सबक
* पूर्ण समर्पण का महत्त्व और तेजलाभ

शिष्य उपनिषद्

इस पुस्तक में सत्य की उपस्थिति में जन्मी २४ कहानियों का संकलन किया गया है। ये ऐसी कहानियाँ जो हमें बहुत कुछ सिखा सकती है। इन कहानियों को पढ़कर, आप मनन करते हुए अपने गुणों पर जमी अवगुणों, वृत्तियों और मान्यताओं की धूल को हटाकर स्व में स्थित होने की ओर अग्रेसर हो जाएँ, यही शुभेच्छा व्यक्त करने का समय आया है।

आध्यात्मिक उपनिषद्

हमेशा से हनुमान को उनके गुणों द्वारा जाना गया है- कोई उन्हें रामभक्त हनुमान कहता है तो कोई महाबली हनुमान। ऐसे में उनके एक और गुण को प्रस्तुत करते हुए, उन्हें एक और नाम से पुकारती है यह पुस्तक। लीडरगम हनुमान। लीडरगम का अर्थ है, एक ऐसी लीडरशिप जो सभी लीडर्स को रास्ता दिखाती है।

बाहुबली हनुमान

इस पुस्तक का प्रत्येक प्रसंग पढ़ने के बाद पाठक अपने भीतर ही डुबकी लगाकर खोज करेगा कि इस समय वह रामायण का कौन सा चरित्र है, कब उसके भीतर राम पैदा होते हैं, कब उनका वनवास होता है, कब वह मंथरा बन जाता है और कब रावण होता है? उसके भीतर हनुमान बनने की क्या संभावनाएँ हैं? इस खोज के आधार पर हरेक अपने जीवन को सही समझ के साथ, सही दिशा में आगे बढ़ा सकता है।

रामायण – वनवास रहस्य

तेजज्ञान फाउण्डेशन – मुख्य शाखाएँ
पुणे (रजिस्टर्ड ऑफिस)

विक्रांत कॉम्प्लेक्स, तपोवन मंदिर के नज़दीक, पिंपरी, पुणे-४११०१७.

फोन : 020-27411240, 27412576

मनन आश्रम

सर्वे नं. ४३, सनस नगर, नांदोशी गाँव,
किरकटवाडी फाटा, तहसील – हवेली,
जिला– पुणे – ४११ ०२४. फोन : 09921008060

e-books

•The Source •Complete Meditation •Ultimate Purpose of Success •Enlightenment •Inner Magic •Celebrating Relationships •Essence of Devotion •Master of Siddhartha •Self Encounter, and many more.

Also available in Hindi at www. gethappythoughts.org

Free apps

U R Meditation & Tejgyan Internet Radio on all platforms like Android, iPhone, iPad and Amazon

e-magazines

'Yogya Aarogya' & 'Drushtilakshya'
emagazines available on www.magzter.com

e-mail

mail@tejgyan.com

website

www.tejgyan.org, www.gethappythoughts.org

– नम्र निवेदन –

विश्व शांति के लिए लाखों लोग प्रतिदिन
सुबह और रात ९ बजकर ९ मिनट पर प्रार्थना करते हैं।
कृपया आप भी इसमें शामिल हो जाएँ।

www.ingramcontent.com/pod-product-compliance
Lightning Source LLC
LaVergne TN
LVHW091048100526
838202LV00077B/3091
* 9 7 8 8 1 8 4 1 5 6 8 2 9 *